D1135286

DE SCHENDING

Ricardo Menéndez Salmón (Gijón, 1971) is een van de belangrijkste jonge Spaanse auteurs. Zijn werk is bekroond met tientallen literaire prijzen. *De schending* werd als Ontdekking van het Jaar bekroond met de Premio Qwerty, als Beste Boek van het Jaar bekroond met de Premio Sintagma en door het tijdschrift *Quimera* gekozen tot het Beste Spaanse boek van het Jaar. *De schending* is ook verschenen in Frankrijk, Portugal en Italië. Van Menéndez Salmón verschijnen bij Uitgeverij Wereldbibliotheek eveneens de romans *Derrumbe* en *El corrector*.

Ricardo Menéndez Salmón

De schending

WERELDBIBLIOTHEEK · AMSTERDAM

Uit het Spaans vertaald door Bart Peperkamp

Omslagontwerp Nico Richter
Omslagillustratie © Kamil Vojnar/Trevillion Images

Oorspronkelijke titel *La ofensa*
© Ricardo Menéndez Salmón, 2007
© Editorial Seix Barral, S.A., 2007
Avda. Diagonal 662-664, 08034 Barcelona

© 2010 Nederlandse vertaling Bart Peperkamp en
Uitgeverij Wereldbibliotheek bv
Spuistraat 283 · 1012 vr Amsterdam

www.wereldbibliotheek.nl

isbn 978 90 284 2370 1

Voor Álvaro Díaz Huici, uitgever en vriend

Death is the real case that offends fantasy.

– Harold Brodkey, *The Runaway Soul*

Eerste deel

HET BLONDE BEEST

I

HOEWEL KURT CRÜWELL, VOLGENS FAMILIEGEBRUIK EN overeenkomstig de uitdrukkelijke wens van zijn vader, zich zou hebben moeten belasten met de zorg voor een gerenommeerde kleermakerij op nummer 64 van de Gütersloher Straße, in de stad Bielefeld, niet ver van het lommerrijke Teutoburger Wald en slechts enkele huizenblokken verwijderd van de plek waar, decennia later, tussen 1966 en 1968, Philip Johnson, de veelgeroemde architect uit Cleveland, de beroemde Kunsthalle zou bouwen, is het in werkelijkheid zo dat op 1 september 1939 een verwachte, maar daarom niet minder traumatische gebeurtenis zijn vreedzame dromen over zichzelf als eigenaar – nog afgezien van een toekomstige bevoorrechte positie binnen de kleinburgerlijke Bielefeldse maatschappij – verving door een veel minder vreedzame en uitermate wisselvallige lotsbestemming.

Die dag, waarop Kurt zijn vierentwintigste verjaardag vierde, gaf een van zijn landgenoten, Hitler genaamd, zijn leger bevel om de Poolse corridor binnen te dringen, de stad die wij nu kennen onder de naam Gdańsk aan te vallen en zich namens het *Dritte Reich* een stuk Poolse geschiedenis toe te eigenen.

De Tweede Wereldoorlog was uitgebroken.

II

DE VOLGENDE MORGEN SOMMEERDE EEN SPOEDTELEGRAM
– dat ontvangen werd op nummer 66 van de Gütersloher
Straße, het portiek dat hoorde bij de kleermakerij en het
gebruikelijke huisadres van de familie Crüwell, een familie die bestond uit Kurt, zijn zuster Hannelore en zijn ouders Joachim en Brunhilde – de jongeman om zich onmiddellijk te melden bij de hoogste officier in rang in de buurt.

In de ogen van de postbode, die met een plechtstatigheid die niet zonder genegenheid was de oproep overhandigde, schitterde het heilige vuur van de trots. Hij was hoe dan ook toch maar de brenger van het goede nieuws aan de Duitse jeugd. En het deed er niet al te veel toe dat hij zijn ronde op de fiets maakte.

Zo kwam het dat Kurt kennisnam van het tot op dat ogenblik niet vermoede bestaan van de kaalhoofdige vijftiger Josef Hepp, die een pension dreef in de nabijgelegen Ummelner Straße en die sinds de winter van 1933 lid was van de Nationalsozialistische Deutsche Arbeiterpartei, een vriendelijke en wat zonderlinge man, die hem gekleed in een onberispelijk bruingrijs uniform ontving op de koele drempel van zijn huis en die met duidelijk genoegen shag rookte.

Toen hij door Hepp ondervraagd werd in een kamer stampvol loden soldaatjes die piepkleine hakenkruizen droegen, en waarin de doordringende lucht van een varkensvleespastei hing, antwoordde Kurt bondig op de drie vragen die hem werden gesteld.

Vraag een. Nee; hij was niet verwant aan de Crüwells uit de zestiende eeuw, de patriciërs die de eigenaars waren van een prachtig herenhuis aan de Alter Markt.

Vraag twee. Nee; hij noch iemand anders van zijn familieleden was in het bezit van een bewijs van lidmaatschap van de NSDAP.

Vraag drie. Hij kon trots melden dat hij kleermaker van beroep was.

III

NA HET GESPREK MET HEPP WERD KURT INGEDEELD BIJ HET 19de pantserkorps van het Zesde Leger, met als voorlopige standplaats de stad Saarbrücken, gelegen op 460 kilometer van Bielefeld in zuidwestelijke richting en op enige tientallen kilometer afstand van Straatsburg, de belangrijkste grote Franse stad aan de grens met Duitsland.

Toch was Kurt, voordat hij de volgende dag voor dag en dauw samen met andere jongemannen tussen de twintig en vijfentwintig jaar oud vertrok in een goederentrein die nog lekker rook naar vee en boekweitzaad, in de gelegenheid om twee bezoeken af te leggen.

Het eerste bracht hem naar de Altstädter Nicolaikerk, niet erg ver gelegen van het al genoemde woonhuis van de rijke Crüwells. De Nicolaikerk, voltooid in 1340 – een bescheiden, hoewel ook mooi voorbeeld van gotische kunst –, ontving de kleermaker met een profetische stilte en een sterke ammoniaklucht tussen de banken. Kurt begaf zich naar het koor en daar sprak hij met een man met bakkebaarden in de vorm van een hakbijl, Baumann geheten – de schatbewaarder van de gemeente en een zeer godvruchtig mens – aan wie hij, met een zekere verdrietige toon in zijn stem en met zijn ogen strak gericht op de vale rug van een lutherse bijbel, toevertrouwde dat het hem niet mogelijk was om de komende tijd het orgel te komen bespelen als gevolg van zijn oproep voor militaire dienst. (Inderdaad, de handen van Kurt waren niet alleen uitmuntend geschikt voor het maken van kleren.)

Voor het tweede bezoek stapte Kurt in een tram stampvol huisvrouwen die tassen met fruit meezeulden en reisde hij in noordelijke richting, alsof hij van plan was Bielefeld te verlaten in de richting van Bremen via de eindeloze Herforder Straße, bijna tot het eindpunt van lijn 7, waar hij uitstapte in een smerig straatje van waaruit hij, via een binnenplaats die overwoekerd was door wilde haver en waarop kinderen die er uitgehongerd uitzagen zonder al te veel enthousiasme hinkelden, een oud huis van drie verdiepingen kon bereiken, waarvan een typiste genaamd Rachel Pinkus de bovenste bewoonde.

Toen zij samen een frambozengebakje hadden gegeten en nadat hij met een zekere onbeholpenheid het doel van zijn bezoek had meegedeeld, omhelsde Kurt Rachel gedurende zestig lange, zweterige en aandoenlijke minuten waarin beiden de twee oudste werkwoorden vervoegden die mannen en vrouwen veelvuldig gebruiken in hun intimiteit: houden van en bang zijn. Daarna, en in deze volgorde, rookten zij sigaretten zonder filter, wasten zich met perenzeep in een afgeschilferde waskom, kletsten nog wat met elkaar met als enige – en zinloze – bedoeling om enige pijnlijke tijd te vullen, treurden in stilte om hun scheiding en beloofden elkaar brieven en trouw.

Kurt verliet de armoedige woning zonder achterom te kijken, zijn haar met zijn rechterhand in model brengend, dezelfde hand die hij gebruikte om spelden vast te steken, de noten die de melodielijn van orgelkoralen vormen aaneen te rijgen en de borsten van Rachel te strelen.

Had hij geweten dat het de laatste keer was dat hij de typiste nog levend zou zien, dan zou Kurt zich misschien hebben omgedraaid om vanaf de drempel naar haar te kijken.

Want de monsterachtige beer die de Geschiedenis is, stond op het punt Rachel Pinkus te verslinden.

Zij was een jodin.

IV

WEER THUIS, AT KURT EEN PAAR GEZOUTEN HARINGEN MET
een gemberbroodje die zijn moeder onder slecht verborgen gesnik had klaargemaakt. Misschien omdat hij nog
vol was van de herinnering aan Rachel, of gewoon omdat
hij jong was en helemaal niet uitgekookt, merkte hij nauwelijks iets van de stilte die, neergedaald over de tafel, tijdens het samenzijn veranderde in een vijfde en ongewenste disgenoot.

Na het avondeten, terwijl de vrouwen zich tactvol terugtrokken in de keuken, *motu proprio* buitengesloten van
een gesprek waarvan zij wel konden raden dat het, als het
al niet gewichtig zou zijn dan toch op zijn minst gedenkwaardig, kreeg Kurt van zijn verwekker, die een maïspijp
rookte en Rijnlands bier dronk, twee raadgevingen en een
bekentenis te horen.

'Probeer altijd in de achterhoede te blijven,' begon
Joachim Crüwell. 'Heldenmoed is iets dat werd uitgevonden voor mensen die geen toekomst hebben.'

Op grond waarvan Kurt constateerde dat zijn vader een
voorzichtig man was.

'Probeer niet op te vallen bij je meerderen,' ging Joachim Crüwell verder. 'Onthoud dat je alleen maar een kleermaker bent, geen soldaat.'

Op grond waarvan Kurt concludeerde dat zijn vader niet alleen een voorzichtig man, maar ook een vooruitziend mens was.

'Ik geloof dat uit dit alles niets goeds zal voortkomen,' zei Joachim Crüwell ten slotte, terwijl hij woedend op zijn pijp beet en zijn blik liet verdrinken in zijn pul bier.

Op grond waarvan Kurt begreep dat zijn vader, behalve een voorzichtig man en vooruitziend mens, ook bang was.

V

DIE NACHT DROOMDE KURT DAT DE KLEERMAKERIJ STAMP-
vol gewonden lag en dat de houwitsergranaten gaten hadden geslagen in de muren en daken. Naast hem vroeg een
halfblinde soldaat, tussen het gipsstof en de brokken puin,
hem om scharen, vingerhoeden en garenklossen, die hij
in een mortier stopte en als munitie gebruikte. Toen hij
ontwaakte baadde hij in het zweet en tot zijn verbijstering ontdekte hij in zijn rechterzij, ter hoogte van zijn lever, een kleine wond, die leek op de schaafwond van een
kogel en waaruit bloed vloeide.

Toen hij al in de trein zat, hangend uit een van de weinige vrije raampjes, kon Kurt, terwijl overal geschreeuw
klonk van aanmoedigingskreten en welbekende adagia en
een doodenkele liefdesbetuiging, die nauwelijks te verstaan was te midden van de heersende heksenketel, als
door een bizarre loep zijn ouders en zijn zus zien, die
zwaaiden met hun precies op stompjes vlees lijkende handen en die aan de rand van dat rampzalige perron daar samen stonden met mannen die er streng uitzagen en die

kranten onder hun armen droegen, met vrouwen die liepen te pronken met hoeden versierd met hakenkruizen, en met drommen kinderen die, terwijl ze met rechte rug aandachtig naar de wagons stonden te kijken, op hun nagels beten met een woestheid die al paste bij een zekere volwassenheid.

Later, toen de loop van de tijd zijn ongebruikelijk lot afwond, zou Kurt in de gelegenheid zijn om spijt te hebben van wat hij toen voelde, maar hij kon het niet vermijden een aanval van schaamte te voelen toen hij zijn familie zag, daar gestrand met hun kleine mislukkingen, hun kleine verlangens en hun kleine angsten, als vreemden die niet hem uitgeleide kwamen doen maar zijn dubbelganger, zijn evenbeeld, iemand die onrechtmatig bezit van hem had genomen, gekleed in een pak van goed laken dat hem helemaal niet slecht stond.

VI

DE REIS NAAR SAARBRÜCKEN BLEEK SAAI TE ZIJN.
De eerste dag begaf de trein zich in de richting van
Bonn, waar de voor dienst opgeroepen jongemannen zich
dienden te vervoegen bij de administratie van de militaire intendance. Kurt doodde de tijd door naar het landschap te kijken, niet in staat te delen in het enthousiasme
dat zijn kameraden toonden, en vaag zag hij verlaten hangars, kaasboerderijen, openluchtmijnen, scholen aan de
oever van een rivier, oude, aan een boom vastgebonden
paarden, het nijvere bestaan van de Duitse boerenbevol-
king. Hij was afstandelijk en zwijgzaam, hoewel zijn makkers hem dat niet kwalijk namen, en toen de avond viel
deelden zij met hem tabak, plakken chocolade en gedroogd vlees. Toen het al morgen werd en zij het station
binnenreden, hield hij zich bezig met denken aan Rachel
en aan de bescheiden kamer van de typiste. Daarna, gedurende een lange ochtend van formaliteiten, en nadat hij
een paar uur had geslapen in een soort veldhospitaal dat
was opgetrokken naast het station, voelde hij voor het

22

eerst die vreemde troost die het nauwelijks meer dan een nummer zijn opwekt, zeven cijfers op een roomkleurig formulier, een combinatie van nullen, vieren en negens die opwelt uit de inktpot van een ambtenaar.

De tweede reisdag, verder naar het zuiden, was niet veel beter. Naar zijn coupé kwam een kapitein, *Hauptmann* Löwitsch, die de heerschappij van Duitsland over heel Europa binnen een termijn van hooguit twintig maanden voorspelde. De soldaten keken met open mond en met ogen vol onbegrip naar de Hauptmann, als iemand die een hond met twee koppen geboren ziet worden. Halverwege de middag, toen ze hoopten hoogstens een paar uur later in Saarbrücken aan te zullen komen, stuitte de trein op verschillende koeien die midden op de spoorbaan door de bliksem waren getroffen. De ondraaglijke stank van verbrand vlees hing zelfs in de uiterste hoeken van het konvooi. Die was veel erger dan de lucht van een explosie of van het rubber van een autoband. En hoewel de weg snel was vrijgemaakt, scheen het voorval Kurt een slecht voorteken toe, iets wat bij hem, gevoegd bij zijn droom over de kleine mortieren en bij de woorden van zijn vader, een diepe onrust veroorzaakte.

Die nacht moesten ze in de trein doorbrengen, in de buitenwijken van de stad. Het station was overvol en ze hadden geen toestemming gekregen er binnen te rijden. Kurt, die iedere keer wanneer hij zijn ogen dichtdeed belaagd werd door een beeld van geblakerde koeien, besloot wakker te blijven, dus hij maakte het wachten draaglijk door te kaarten met anderen die niet sliepen en hij zong zelfs zonder al te veel ijver mee met bepaalde liedjes die gingen over de zee, de bergen, een mond met rode lippen.

De volgende morgen konden ze eindelijk uitstappen en door de straten van Saarbrücken wandelen. Ze zagen papieren lampionnen, hoorden faustische hymnen, aten enorme worstjes bij kraampjes met potten vol mosterd en pruimenjam. De vrouwen vertoonden zich op de balkons en gooiden bloemen naar beneden wanneer zij voorbijkwamen. Hauptmann Löwitsch beantwoordde iedere gift met een kus, die verloren ging in de hoogten vol stevig en geurig vlees. Plotseling roken hun uniformen naar lavendel, naar nieuw leven. Waar hij maar keek merkte Kurt op dat het een en al bloemenslingers was, vlaggen in de wind, snelle voertuigen en in de carrosserieën daarvan spiegelden zich de flanken van de rossen en het satijn van de mouwbanden.

Die dag klonk een gebrul uit honderden kelen, telkens wanneer een Messerschmitt de geometrie van zijn vlucht vertoonde boven de oude stadskern, en op iedere hoek, op elk plein, in iedere laan die bedekt was met een tapijt van rozen en hakenkruizen hield een slanke en pasgeschoren spreker, met een vierkante kin en blinkende laarzen, een opwekkende rede tot de kinderen van het Reich. De wereld was het toneel van opzwepende redevoeringen en lawaai, gewikkeld in het aangename cellofaan van de snelheid, de accuratesse, het mechanisme van de verleiding.

In de weken die volgden op die warme ontvangst, terwijl hij aan de razende toespraken wende en de van opwinding glanzende ogen van zijn kameraden bewonderde, bleef Kurt zich hardnekkig zijn warme kleermakerij in Bielefeld herinneren, de lange rekken boordevol stoffen, de oude strijkplanken, de messing kwispedoren, de bestudeerde nonchalance van de heren Hoffmann en Vögel, de favoriete vertegenwoordigers van zijn vader die hem Chinese zijde, Italiaanse organdie en uit Wenen afkomstige batisten riemen leverden. Maar met het verstrijken van de dagen werd het voor hem, ondergedompeld in de roes van de vlammende redevoeringen en in het narcoticum van de discipline, steeds moeilijker om die vredige en kalme beelden te laten rijmen met zijn huidige situatie.

Misschien dat hij daarom 's avonds, wanneer hij in zijn stapelbed met ruwe en koude lakens ging liggen, terwijl hij door het raampje de regen in zachte mauve stromen zag neervallen als een stortvloed van rode wijn, onder zijn ondergoed met zijn vingers over de draad van rood henneptouw gleed waarmee zijn moeder de initialen van zijn naam – mooi afgewerkt – had geborduurd in iedere winteronderbroek.

Zo voelde hij zich, net voordat hij in slaap viel, tenminste dichter bij huis.

VII

IN SAARBRÜCKEN MAAKTE KURT KENNIS MET DAT EIGENAAR-
dige wonder dat militaire strengheid – het land was in
oorlog, dat viel niet te ontkennen – op paradoxale wij-
ze vermengd wordt met het losbandige, van het ene
moment op het andere bijna oneirische karakter van
boemelpartijen waarbij het niet ontbreekt aan alcohol,
vrouwen en een Russische roulette, bediend door een
croupier met Pruisische voorouders. Later zou hij begrijpen dat de mens het enige dier is dat er behoefte aan
heeft verdoofd te raken om zo zijn gezond verstand te
bewaren, en dat het niet vreemd is zelfs bij de poorten
van de hel de gestalte van een jongeling te zien die de
foxtrot danst, terwijl met de zeisen wordt gezwaaid en
een heel leger uitgehongerde ratten, met lange staarten
en gele ogen, de tanden scherpt in het scheenbeen van
een dood paard. Zelfs de meest banale filosofie leert ten
slotte dat het leven meer lijkt op een schilderij van Je-
roen Bosch dan op een bucolische picknick à la Manet.

Als bedelaars ingekwartierd in koude loodsen, luisterden de mannen van het 19de pantserkorps iedere morgen naar de vanuit de Rijkskanselarij in Berlijn uitgezonden militaire communiqués. Hun bevelvoerders, die met hetzelfde elan door de gangen van Noors hout paradeerden als door de modderige straten, en die tijdens het natafelen met kopermuziek van Wagner en kwartetten van Schubert hun verering voor een majesteitelijke Adolf Hitler lieten samengaan met de zoele nardusgeur in het decolleté van de meest begeerde maagden van de stad, zweepten hun troepenmacht op met een arsenaal aan oorverdovende woorden, ondergedompeld als ze waren in de gloed van hun eigen gepraat als in de stralenkroon van een hallucinerend aura, waarschijnlijk beroerd door de hand van een wraakzuchtige god.

Kurt, die weinig verstand had van politiek en voor wie de fysieke discipline en het belijden van het geloof in geweld enigszins obsceen bleken te zijn, vluchtte gedurende die uitvallen in zijn herinnering aan de muziek die hij voor de godvruchtige dames vertolkte op het orgel van de Nicolaikerk. 's Avonds, wanneer de laatste kost op was en na de afmattende instructiedag, was hij zo uitgeput dat hij in een domme en donkere, ondoordringbare slaap viel, zonder droombeelden.

Toch verhinderde zijn argeloosheid hem niet zich ervan bewust te zijn dat de oorlogsmachinerie dag in dag uit, met de onverzettelijkheid van een lastdier, geleidelijk en met succes werd gesmeerd.

Inderdaad, hij had niet alleen geleerd lichte wapens en aanvalsgeweren te hanteren, maar zijn bedrevenheid in het besturen van het zijspan – een voor Kurt zelf zo verbazingwekkende bedrevenheid dat die hem ten slotte wel eens in verwarring bracht – had hem het vertrouwen doen winnen van Hauptmann Löwitsch, die een beroep op hem deed als bestuurder wanneer hij zich moest verplaatsen naar de omgeving van Saarbrücken en zich naar het kasteel moest begeven waar Heinz Guderian, die tot *Chef der Schnellen Truppen* was benoemd na zijn successen tijdens de recente veldtocht in Sudetenland, wachtte op het bevel uit Berlijn om in Frankrijk op te rukken, terwijl hij een onwaarschijnlijke medeplichtigheid zocht in de ogen van het borstbeeld van Julius Caesar waarmee hij opdracht had gegeven zijn werkkamer aan te kleden.

Kurt hield ervan om, telkens wanneer hij op Löwitsch wachtte, een praatje te maken met een van de dienstdoende kamerdienaars, overwegend invaliden uit de Eerste Wereldoorlog die hem onware verhalen vertelden, verzonnen aan de hand van herinneringen die ze van een of andere dode hadden gestolen, of om beleefdheidsfrasen over de kwaliteit van het eten uit te wisselen met de jonge rekruten die, parmantig als moordenaars, het spook van de verveling misleidden door herinneringen op te halen aan de onzegbaar mooie Marlene Dietrich op de aanplakbiljetten van de UFA of door te dagdromen over de benen van hun verloofdes, achtergelaten in het hart van het Zwarte Woud of aan de vale wateren van de Elbe.

Aan het gemeenschappelijke heimwee naar hun geliefden, aan die vlugge en noodzakelijkerwijs melancholieke praatjes met volkomen vreemden – met oude mannen en jongens die hij redelijkerwijs de rest van zijn leven niet meer zou zien – ontleende Kurt een schat aan gezond verstand en een ogenblikje van vredige hoop, maar ook de overtuiging, die onmogelijk te verdoezelen viel door middel van hoogdravende woorden en driftige ceremonies, dat de oorlog een te ernstige zaak was om te worden overgelaten aan mensen zoals hij.

Wanneer Hauptmann Löwitsch als een boog van zuiver vuur uit het kantoor van de legendarische Guderian kwam, nadat hij zijn dagelijkse portie bevelen en tegenbevelen had ontvangen, trof hij hem daarom steevast verzonken in stilte aan, als een krab in zijn schaal, en hoewel hij probeerde zijn zwijgen te doorbreken door middel van schuine of echte mannengrappen, was het enige wat hij bereikte, in het gunstigste geval, dat Kurt het zijspan op de terugweg naar Saarbrücken bestuurde met een kundigheid die niet vrij was van overmoed, steeds op de rand van greppels vol varens en lauwe koemest rijdend, de dood verzoekend in iedere bocht van de weg en onder het onverbiddelijke geweld van de eenmotorige vliegtuigen die hun nooit ophoudende muziek tweeduizend voet boven de glimmende helmen en petten ten gehore brachten.

VIII

IN 1939, NA DE INVASIE IN POLEN, MEENDE DE FRANSE OVER-
heid dat de Maginotlinie onneembaar was, de verdedi-
gingslijn die zich trots van Bazel tot Montmédy uitstrek-
te met zijn drie meter hoge betonnen muren en zijn stalen
pantseringen van vijfentwintig centimeter dik.

De linie liep niet door over het grondgebied van België, sinds 1936 een neutraal land, maar het Ardennenmas-
sief werd destijds onneembaar geacht. Bovendien hadden
de Engelsen in maart 1940 het front versterkt met tien
divisies, ondersteund door bijna vijfhonderd gevechts-
vliegtuigen.

Voor het geval de Duitsers zouden aanvallen, wat volgens de inschatting van de geallieerden alleen kon gebeuren via de Belgische laagvlakte, zou het Engels-Franse
leger weerstand bieden door gebruik te maken van de be-
scherming van de kanalen en rivieren die de Dijle-linie
vormden. Niet voor niets was de generale staf ervan overtuigd dat Duitsland opnieuw zou opereren op basis van
het Schlieffen-plan uit de oorlog van 1914.

De Duitse strategie zou echter een andere koers volgen.

Dat was vooral de schuld van een visionaire militair, *Generaloberst* Erich von Manstein, die al in oktober 1939 beweerde dat de Ardennen wél te omzeilen waren. In februari 1940 naar Pommeren gezonden vanwege zijn veronderstelde verstandsverbijstering, zou Manstein er daar in slagen een onderhoud met Hitler te hebben, hem te overtuigen van zijn ambitieuze plan en zo de loop van de Europese geschiedenis te wijzigen.

Op 10 mei 1940 steekt, gedurende een omvangrijke verrassingsoperatie, de infanterie de Nederlandse grens over; intussen valt Walter von Reichenau België aan door het fort Eben-Emael aan het Albertkanaal in te nemen met tweeënzeventig paratroepers die in zweefvliegtuigen naar beneden komen; diezelfde dag verdringt zich, als derde poot van de opmerkelijke manoeuvre, een enorme concentratie van pantserwagens voor de Luxemburgse grens om in de Ardennen op te rukken: vijftig divisies die getraind zijn om de voorhoede te volgen, het 19de pantserkorps van Guderian dat, na vanaf Saarbrücken de Siegfriedlinie naar boven te hebben gevolgd – met Kurt Crüwell als een van hen –, oprukt naar het hart van het overrompelde Frankrijk.

Het gebeurt allemaal ongelooflijk snel.

Op 13 mei valt de luchtmacht de Franse stellingen aan die bij de oevers van de Maas staan opgesteld; op de 14de steekt Guderian de rivier over; de 15de wordt Billote, de generaal van het Negende Franse Leger, ontslagen en vervangen door Giraud. Acht dagen nadat zij de Maas zijn overgestoken, kan het Duitse pantserkorps het slaapliedje van de zee al horen en neemt Abbeville in; op de 22ste wordt Boulogne ingesloten; de 23ste Calais; op de 24ste bevindt de Duitse voorhoede zich al in Gravelines, op maar vijftien kilometer van Duinkerken.

Na de ontruiming van Duinkerken kan Frankrijk nog rekenen op zeventig eigen divisies, vijf Engelse en twee Poolse. Begin juni wordt, ten noorden van Parijs, het tweede verdedigingsfront gevormd, de zogenaamde Weygand-linie, op de linkeroever van de rivieren Aisne, Somme en Oise; op 5 juni begint het offensief tegen Parijs; de 9de wordt de Seine overgestoken; de 12de wordt iedere verbinding tussen Le Havre en de hoofdstad van de Republiek afgesneden; de 14de defileren de Duitsers tegenover de Tuilerieën; de 22ste tekent maarschalk Pétain in tegenwoordigheid van Hitler een beschamende wapenstilstand.

Op het netvlies staan nog altijd bepaalde onuitwisbare beelden. Gedurende een van die adembenemende dagen ziet een commandant van nauwelijks vijftig jaar, Erwin Rommel genaamd, kans om 240 kilometer af te leggen met zijn pantsertroepen. De Franse burgers, in de mening Britse oorlogsvoertuigen te zien, juichen hem toe op zijn doortocht.

IX

HET BEVEL OM AAN TE VALLEN VERRASTE KURT MIDDEN IN
zijn droom. Het was een broze maar mooie droom, vol
onschuld, waarin bepaalde plekjes in Bielefeld en de le-
liegeur van Rachels huid samenvloeiden tot een gemeen-
schappelijk motief: warmte.

Die warmte, of beter gezegd de afwezigheid ervan, was
wat Kurt het meest hinderde toen hij wakker werd gemaakt. En net als in de nacht voor zijn vertrek naar het
front bracht hij zijn hand naar zijn zij om, dit keer zonder verbijstering, vast te stellen dat zijn wondje opnieuw
was gaan bloeden.

Hij kon zich urenlang niet bevrijden van dit gebrek aan
warmte, en daarom konden alle drukte vanwege de pro-
viandering, het lawaai van de voorbereidingen voor het
gevecht en het uitzinnig geren om een kom koffie of om
een reserveband te bemachtigen niet verhinderen dat
Kurt om zeven uur in de ochtend – bij de matheid van
een dag die weigerde aan te breken en de overstelpende
last op zijn rug van zijn twintig kilo bepakking in de vorm

van veldflessen, pistoolmagazijnen en kaarten met hoog-teaanduidingen en rivieren – ijskoude voeten had, alsof hij de nacht had doorgebracht in een plas benzine of liggend op het dek van een boot op volle zee.

Zelfs het geraas van sirenes, het oorverdovende lawaai van de Panzer en de dolle dans van verschillende Stuka-bommenwerpers die goed te zien waren aan de hemel-koepel, als prehistorische vogels, slaagden er niet in hem warm te krijgen. Al dat kabaal, dat hem voorkwam als de muziek van de dood zelf, bereikte juist niets anders dan dat hij vleugjes kou kreeg op zijn borst en zijn ledematen, zodat hij bang was geen stap meer te kunnen zetten zonder als een sneeuwpop in elkaar te zakken.

Toen kwam Hauptmann Löwitsch, gehuld in een zwar-te jas, naast hem staan en klopte hem op de schouder met een vertrouwelijkheid die veel van zijn landgenoten misschien wel overdreven voorkwam, hem sommerend zijn spullen naar een vrachtwagen te brengen en opdracht gevend hem, Löwitsch, over vijf minuten met het zijspan op te halen voor de commandopost.

Zo zou Kurt zich zijn korte doortocht door de Ardennen en zijn daaropvolgende binnenkomst in Frankrijk altijd herinneren, gezeten op de rug van dat ongebruikelijke mechanische paard, een en al licht en geweld, als in een duivelse stoet, een paard dat, net als een barbaarse koetsier, zijn meester naar een vreemd land brengt.

En zelfs toen hij de grens overstak, die hypothetische

ruimte die het ene land scheidde van het andere – in werkelijkheid een armzalige streep over een eilandje van macadam, in de kleur van het krijt waarmee kinderen de ruimte van hun spelletjes afbakenen, een streep die minuut na minuut geleidelijk werd uitgewist onder het jachtige gejakker van de invasie –, en waarin de pantserkanonnen al begonnen waren de zes letters van het woord FRANCE te vernietigen (alsof, dacht Kurt, de woorden de werkelijke vijanden van de mensen waren), maakte nog niet een beetje van dat mannelijke gevoel van inbezitneming en vernietiging, van oneindige verkrachting – een gevoel dat zich wel meester scheen te maken van de rauwe aanmoedigingskreten van zijn landgenoten – dat hij in zijn borst ook maar een spoortje voelde van die gloed die volgens oude kronieken bezit neemt van de veroveraars bij de uitoefening van hun inspanningen en hun geploeter.

X

GROTE LEGERS ZIEN NOOIT KLEINE DETAILS OVER HET HOOFD.
Gedurende de zomer van 1941 verplaatste de Wehrmacht, over de gehele lengte en breedte van het Russische front, groepen beroepsmusici om het wachten van de troepenmacht bij de belegerde steden minder zwaar te maken; in de Afrikaanse woestijnen waren er altijd schrijvers om liefdesbrieven voor echtgenotes en kinderen te schrijven, evenals censors die de weinig of helemaal niet vaderlandslievende missives van bepaalde wanhopige mannen zuiverden van misverstanden; de admiraliteit voorzag de opvarenden van haar schepen zelfs van mobiele bioscopen waar geregeld de laatste films aankwamen die geproduceerd waren in de Berlijnse studio's.

Men dient niet te vergeten dat het genie Napoleon degene was die het gebruik van knopengarnituren invoerde in de militaire discipline en die netheid en correcte kledij verplicht stelde. Natuurlijk! Wereldrijken begrijpen wel dat esthetica een belangrijk onderdeel vormt van de propaganda. Het was daarom niet vreemd om, naast de vrachtwagens met prostituees die iedere week hun portie slaafse genegenheid uitlaadden – niet alleen omdat dat hielp bij het verlichten van de lichamen, maar ook om de onvermijdelijke neiging tot de Griekse liefde die in de barakken binnensloop de kop in te drukken – het was dus niet vreemd om daar Kurt te ontdekken die, wanneer zijn werk als chauffeur van Löwitsch hem dat toestond, jasjes en broeken verstelde, voeringen in stofjassen zette, schoenzolen repareerde, binnenzakken voor shag innaaide of, met hamerslagen, oude gedeukte helmen bewerkte.

En die taak, in theorie zo prozaïsch hoewel tegelijk bijna heroïsch, met die aandoenlijke dichterlijkheid die kleine dingen bezitten, droeg ertoe bij dat de dagen van Kurt niet alleen zin kregen – iets wat zijn vader, daar in Bielefeld, met zijn filosofie van een pijproker, zou zijn voorgekomen als iets onmogelijks –, maar ook dat puur menselijke fenomeen: het gevoel van eigenwaarde.

Misschien kwam het daardoor, door die kalme grootsheid van de dagelijkse arbeid, dat Kurt geleidelijk aan zijn geliefden begon te vergeten, zelfs zozeer dat de oudejaarsavond van 1940 hem verraste in Roscoff, een ommuurd stadje aan zee, in bezet Bretagne, zonder dat hij ook maar een enkele keer verlof had gehad en – wat nog verbazingwekkender was – zonder dat hij dat had gemist.

Die avond, na te hebben genoten van de kalkoen en de cider die gevorderd waren bij een aangrenzende boerderij, verhaalde Kurt zijn Franse omzwervingen in een lange brief, gericht aan zijn verwekker.

In het begin van de invasie, vertelde hij in enigszins wanordelijk proza, 'was ik gestationeerd in Montmartre, ten noorden van Parijs'. Hij was daar volmaakt gelukkig, alsof de oorlog zich een adempauze had gegund. Montmartre, de bakermat van de bobo's, die bourgeois bohémiens, van wie de strijd hun goedbedoelde utopieën had afgepakt, 'bekoorde me met zijn tuin van Monsieur Forest, waar Toulouse-Lautrec woonde, en zijn Maison des Artistes, waar een musicus met een Duitse naam, Erik Satie, over wiens werk Rachel zo enthousiast is, zijn beste stukken componeerde'. In zijn bagage, schreef hij in zijn brief, met een zekere zucht naar encyclopedische kennis, had hij 'behalve de reglementair voorgeschreven laarzen en het etui met kleermakersspullen, een stuk van dat gesteente van Souppes-sur-Loing dat wit en hard wordt door de gecombineerde werking van de zon en de regen, wat aan de basiliek die bijzondere bekoring verleent, geboren uit de bewondering voor Byzantium en Rome, een gesteente dat haar enorme toren bekroont, waar ik het geluid van La Savoyarde heb kunnen beluisteren, de beroemdste klok van Frankrijk'.

Als zaakwaarnemer van het heimwee bracht Kurt, gesteld voor de opdracht om de afgelopen zestien maanden van zijn leven te beschrijven, in herinnering hoe graag hij, op de snikhete namiddagen van Parijs, 'wanneer mijn vrije tijd dat toeliet', naar de oude melksalon van het Château des Brouillards ging. In dat aangename etablissement, dat eiland van overvloed, en 'dankzij een boek dat ik verborgen hield voor het oog van mijn meerderen, heb ik geleerd dat op een van de pleinen van Montmartre een geniale Spanjaard, Pablo Picasso genaamd, het kubisme heeft uitgevonden toen hij *Les demoiselles d'Avignon* schilderde'.

Maar toen het 19de pantserkorps toestemming kreeg om terug te keren naar Duitsland, werd Kurt, die 'op uitdrukkelijke voordracht van Hauptmann Löwitsch' bevorderd was tot korporaal, in Frankrijk achtergehouden en naar de Auvergne gestuurd, in het midden van het land. 'De Auvergne,' schreef hij die oudejaarsavond van 1940, 'is een enorm natuurpark van bijna 400000 hectare, dat vier departementen omvat: Haute Loire, Allier, Puy-de-Dôme en Cantal.'

Dicht bij Clermont-Ferrand, de hoofdstad van het Massif Central, verheft zich Saint-Flour, waar het Viaduc de Garabit, gebouwd door ingenieur Eiffel, een indrukwekkend rood ijzeren karkas vormt dat twee kloven verbindt. Beschermd door een van die kloven, in een blokhuis van vijftien meter lang en drie meter hoog met daarachter een bosje van beuken, sparren en berken, waar vrijgevige reservetroepen in de vorm van Aubrac-koeien graasden, 'bracht ik acht saaie maar bucolische weken door.'

Het was juist in de Auvergne dat hij, gedurende zijn tochtjes door het reservaat van Chaudefour, teruggetrokken in de stilte van die steile rotsen waar de passagiersvalk, de *Trichodroma muraria* en de moeflon huizen, en met de vertroosting van de Turkse lelies, de viooltjes en de anemonen die zijn reuk bedwelmden, ontdekte dat hij de actie miste. Zijn ondergeschikten, een bezetting van vier soldaten die als koeriers dienden voor de Parijse konvooien en voor de troepen die vanuit Marseille of Bordeaux in noordelijke richting trokken, hadden aan hem een argeloze en begripvolle *Obergefreiter*; zijn meerdere, een lompe luitenant met Beiers bloed, ging maar wat graag in op zijn eerste verzoek om overplaatsing.

Aldus kon hij opnieuw op weg gaan en zijn plaats weer innemen naast Hauptmann Löwitsch en zijn pantserdivisie, die opnieuw naar Frans grondgebied was gestuurd. 'Toen ik in november 1940,' besluit Kurt zijn brief, 'in Nantes aankwam, de stad van de slavenhandelaars, de grote handelshaven gericht op het Caribische gebied en Zwart-Afrika, de geboorteplaats van Jules Verne, voelde ik dat ik terugkeerde in een gelukkige wereld.'

Aan al die haastig neergeschreven namen, namen die in zijn mond de zoete en legendarische smaak opwekten die fruit bij de nomade achterlaat gedurende zijn omzwervingen door andermans tuinen, dacht Kurt, de schrijver, terwijl hij zijn zwerftocht opschreef en, om middernacht van het stervende jaar, de binnenhaven tjokvol bootjes tegenover het eiland Batz bewonderde, met de muziek van een accordeon in zijn oren, een portret van Adolf Hitler met gestrekte rechterarm boven zijn hoofd en met de dampen van de cider, warm en aangenaam, vanuit zijn ingewanden opstijgend naar de stompzinnige en gedweeë glimlach die zich op zijn gezicht aftekende.

XI

OP 2 JANUARI 1941 BEGON DE DAG REGENACHTIG. DE MAN-
nen klaagden over reuma en rookten, vijandig en nog
slaapdronken, beschut onder de reusachtige uier van de
grote centrale barak. Een artillerist die de mitrailleur van
zijn Panzer zat in te vetten floot weinig bedreven een pol-
ka. De honden van het tentenkamp, merendeels luie beesten, hijgden van de kou, tot rust gekomen tussen de laarzen van de soldaten.

Toen zij het paard in galop zagen binnenlopen, met uit-
puilende ogen en lippen die glommen van het schuim, be-
grepen ze dat er iets verschrikkelijks aan de hand was. De
berijder ervan schommelde heen en weer, van de ene kant
naar de andere, als een marionet, en het dier hield pas op
met rennen toen de artillerist van de Panzer kans zag de
teugels te grijpen.

Toen zakte de ruiter bij de voeten van het paard in elkaar, als een zak puin. Hij was niet alleen maar dood.

Hij was onthoofd.

Aan het bit van het paard hing een groot bord, beschreven met vaste hand, in grote, met roet geschreven letters. Er stond maar één enkel woord op het bord: MERDE.

Algauw was het kampement gemobiliseerd. Löwitsch werd uit zijn bad gehaald (hij woonde in een huis in het dorpje, op tweehonderd meter van de palissades) en hem werd verteld dat de wachtpost, bestaande uit vier bereden soldaten, was aangevallen en dat een van de leden ervan, afschuwelijk verminkt, in de armen van een veldprediker in de modder lag.

De Hauptmann, die ongekamd en met nog natte haren kwam aanzetten, gaf bevel dat een Panzer en een colonne van twintig soldaten zich gereed moesten maken voor vertrek. Een kwartier later gingen ze op weg. Löwitsch vroeg uitdrukkelijk aan Kurt om met hem mee te gaan.

In de richting van Morlaix vonden ze de drie paarden zonder berijders, midden op de weg, met bebloede zadels. Een huivering ging door de groep. De Panzer, die door het veld reed, pufte als een walvis. Drie soldaten stegen op de paarden en gingen terug naar het kampement. In een bocht van de weg, tegenover een stenen kruiswegstatie met een beeld van de boetvaardige Maria Magdalena aan de voeten van een eenvoudige en zwaarmoedige Christus, zagen ze hen. Ze waren ondersteboven opgehangen aan een strop, aan de takken van een grote steeneik. Ze waren naakt en doorzeefd met kogels. Een van hen, die in het midden, hield in zijn handen, op de rug vastgebonden, het hoofd van de vierde soldaat.

Kurt had Löwitsch nog nooit buiten zichzelf van kwaadheid gezien. De woede, een rode razernij die zijn halsslagader uitgebeiteld als van marmer aftekende, maakte dat hij ongelooflijk jong leek. De Hauptmann vroeg om een kaart en vouwde die open bij de lijken. Daarna gaf hij bevel in oostelijke richting te gaan waarop de colonne, dwars door een akker met artisjokken en met hier en daar een paar verspreide vogelverschrikkers, zich naar een gehucht begaf dat Mieux heette.

De burgemeester van Mieux was een norse boer vol spataderen en een rabelaisachtige neus. Terwijl Löwitsch hem bij een pols vasthield, bracht hij hem naar het midden van het plein en gaf hem twee klappen. De Panzer draaide, waarbij het geluid van tandwerk klonk, en richtte zijn loop op de kerk. Net als de rest van de colonne hield Kurt de adem in.

Löwitsch riep dat een soldaat zijn bevelen moest vertalen en eiste dat heel het dorp op het plein zou verschijnen. De burgemeester, op zijn knieën, beefde. Mannen, vrouwen en kinderen kwamen aanlopen. Kurt telde vierentachtig personen. Löwitsch schreeuwde een bevel en verschillende soldaten verlieten de colonne. Met klappen van hun geweerkolven brachten ze nog eens tien inwoners, merendeels ouderen, sommigen van hen in nachtkleding, naar het plein. In totaal waren het, de burgemeester meegerekend, vijfennegentig zielen. De Hauptmann liet drie rijen opstellen: de talrijkste, die van de vrouwen, werd neergezet aan een kant van het plein; de tweede, gevormd door mannen, werd verplicht naast de burgemeester neer te knielen; ieder kind – Kurt telde er elf – werd toegewezen aan een soldaat.

Het was twaalf uur toen Löwitsch de burgemeester meedeelde dat hij precies zestig minuten de tijd had om hem de namen te noemen van degenen die de wachtpost hadden aangevallen. De tijd verstreek heel langzaam, als suikerstroop die uit een teil vloeit. Mieux voelde, koortsachtig, de minuten verstrijken. Ieder kwartier loste de Panzer een kanonschot, een soldaat uit de colonne kwam naar voren en schoot een van de geknielde mannen door het hoofd.

Kurt zag nauwelijks iets. Dát kon toch niet gebeuren. Hij voelde dat zijn eigen gezicht zo ruw was als een schuurspons, als de huid van een leguaan. Hoewel de mathematische strengheid, de ceremoniële manier waarop Löwitsch te werk ging hem nog de meeste angst inboezemde.

De man die om kwart over twaalf viel had ongetwijfeld een gezin: een vrouw en twee kinderen barstten in huilen uit; de mannen van half een en kwart voor een wekten geen tranen op; de man van één uur precies was de burgemeester, en het schot werd door de Hauptmann zelf gelost.

Kurt dacht aan Erik Satie, aan Pablo Picasso, aan Jules

Verne, aan het woord FRANCE dat was uitgewist door de strijdwagens, aan de vulkanen van de Auvergne, aan Rachel, aan de raadgevingen van Joachim Crüwell boven zijn pul Rijnlands bier. Hij vond geen troost; hij kon niet ontdekken wat de zin ervan was; hij voelde alleen maar een afgrijselijke kou, van het puntje van zijn haren tot aan zijn voetzolen, een kou die door hem heen stak als een lans door een terechtgestelde.

Toen de burgemeester geëxecuteerd was, draaide Löwitsch zich om naar de colonne, riep een soldaat en fluisterde hem iets in het oor. De soldaat gaf een bevel door aan twee van zijn makkers. Een voor een werden de inwoners van Mieux naar de kerk gebracht. De drie soldaten openden de hoofdingang. Geposteerd op de drempel telden zij hardop tot eenennegentig, terwijl de inwoners voor hen langsliepen. Toen de laatste dorpeling eenmaal binnen was (een kind met kinderverlamming, dat zich behielp met een primitieve kruk), deden de soldaten de ingang op slot.

De Hauptmann schreeuwde een nieuw bevel en een deel van de manschappen liep haastig in de richting van de vier windstreken. Kurt, die had opgehouden de woorden te begrijpen, voor wie het Duits een onbegrijpelijke, vijandige taal was geworden, zoiets als het gekerm van een mens in een hol, durfde niet te kijken. Naast hem rookte Löwitsch de ene sigaret na de andere, schoot een soldaat plaatjes met een bakelieten Photax en zette een ander een statief op om met een Paillard van 16 millimeter te filmen.

Om twee uur precies lag er rondom de kerk een enorme brandstapel van hout, gevormd door stoelen, tafels, bezems, hoofdeinden van bedden, raamkozijnen en het schoolbord. Löwitsch gaf bevel de brandstapel aan te steken en keerde zijn manschappen de rug toe. Zijn stappen weerklonken als gebonk op een deur.

Toen viel Kurt flauw.

XII

EEN MENS LEEFT SAMEN MET ZIJN LICHAAM, MAAR KENT HET niet. Tenminste, niet grondig. Een mens en zijn lichaam zijn verschillende werkelijkheden. Ongetwijfeld is dat wat het mogelijk maakt het diepste wezen van de pijn te begrijpen, welke geen andere is dan de scheur die wordt veroorzaakt door de onverschilligheid van het lichaam jegens zichzelf. Kiespijn, halsstarrig en doof voor wat wij willen, is voldoende om een dergelijk drama gewaar te worden. En dat is ongetwijfeld ook wat het een menselijk wezen mogelijk maakt zijn naam, zijn waardigheid te bewaren, dat wat hij het diepst in zijn binnenste bezit, wanneer zijn lichaam hem, door ziekte, verminking of ouderdom, al niet meer toebehoort.

Om te begrijpen wat een mens is, is het niet voldoende nota te nemen van de delen waaruit hij is samengesteld. Het is niet voldoende te schrijven: 'Kurt Crüwell is de optelsom van zijn twee benen, zijn limbisch systeem, zijn darmstelsel, zijn slijmklieren en zijn geslachtsklieren.' Er is iets in het geheel van de mens dat zich ertegen verzet gezien te worden door alleen maar te kijken naar de optelsom van de samenstellende delen. Veronderstellen dat die delen onafhankelijk van de mens die ze samenvoegt een leven leiden, houdt iets meer dan een metafoor in. In de seksuele omgang, wanneer het lichaam zich doet gelden en de mens zich overweldigd weet door zijn eigen stoffelijkheid, of tijdens een uiterste lichamelijke inspanning, wanneer de longen niet beantwoorden aan de eisen die men aan hen mag stellen en wanneer, bijvoorbeeld, een hardloper in elkaar zakt voordat hij de finish haalt, blijkt dat een dergelijke evidentie onbetwistbaar is.

Zo leidt het lichaam, tot op zekere hoogte, een leven dat niet afhankelijk is van het verstand dat erin huist, en daarom kunnen filosofen en schrijvers, zonder daarvoor een beroep te doen op denkbeeldige instanties of te vluchten in het obscurantisme van de religie, doorgaan met het uitspreken van woorden als ziel of zelfbewustzijn. Een mens zonder lichaam kan zichzelf kennen. Een mens die zijn lichaam uiteen ziet vallen, verbranden, vergaan, houdt daarom nog niet op mens te zijn.

Niet minder evident is het, echter, dat het lichaam in het werkelijke leven de grens vormt die wordt opgetrokken tussen om het even welke mens en zijn gelijken, of tussen om het even welke mens en de plaats waar zijn tijd verstrijkt: de wereld. Want de mens voelt en kent de wereld met name door middel van zijn lichaam.

Het lichaam beschermt zich tegen de aanvallen van de wereld. Een bacil activeert dan zijn verdedigingsmechanismen; door een stortbui gaan de haren op zijn armen, nek en benen overeind staan; vergiftigd voedsel verslapt zijn sluitspieren. En de verschrikking dan? Hoe reageert het lichaam van een mens op de aanwezigheid van de verschrikking? Het schreeuwt, ja. En het zorgt ervoor dat het hart meer bloed rondpompt, ja. Of, juist het tegendeel, het verlamt zijn spieren om niet te worden aangevallen. Het spectrum van antwoorden die de verschrikking bij het lichaam oproept, is zeer breed. Het lichaam is dus verrassend kneedbaar. Er zijn lichamen die zich kwellen en lichamen die zich bevrijden; er zijn lichamen die kruipen en lichamen die zich verheffen; er zijn lichamen die verhoren en lichamen die antwoorden. Maar kan een lichaam de realiteit van zich afzetten? Kan een lichaam, geconfronteerd met de agressie van de wereld, met de lelijkheid van de wereld, met de verschrikking van de wereld, zich onttrekken aan zijn functies, weigeren nog langer lichaam te zijn, zijn rede opschorten, opgeven te zijn wat het is; dat wil zeggen, opgeven een machine met gevoel te zijn? Kan een lichaam zeggen: 'Genoeg! Ik wil niet meer verder, dit is te veel voor mij'? Kan een lichaam *zichzelf vergeten*?

Op 2 januari 1941, in het gehucht Mieux, gelegen in Bretagne, niet zo heel ver van de zee, bij het zien van eenennegentig burgers die verbrandden in de holocaust van een stenen kerk, antwoordde een lichaam op al deze vragen met een beslist 'ja'.

Die dag verloor een mens, Kurt Crüwell genaamd, zijn gevoel.

Tweede deel

EEN SCHOLING IN GEVOEL

XIII

BEGIN 1941 WAS NOTRE-DAME DE ROCAMADOUR EEN JUWEEL
onder de Bretonse herstellingsoorden. Als resultaat van
een archaïserende smaak, waarin gemakkelijk een zekere
abbatiale uiterlijke verschijning viel te bespeuren, alsof
het gebouw ontworpen was voor een bisschop en niet
voor een leek, voor een man Gods, maar dan niet van deze tijd, verhief het ziekenhuis zijn koele patio's en zijn
schitterende galerijen boven een steile kust die door-
ploegd werd door krabben ter grootte van een vuist.

Aan de voet ervan, onder de loodrechte, dreigende rots,
strekte een strand dat geteisterd werd door sterke getij-
bewegingen zijn halve cirkelomtrek uit met wit en rub-
berachtig zand, zonder keien, en gewoonlijk kon men in
de kalmte van het laagtij de jongeren van Roscoff ontdekken, die kokkels en mosselen kwamen zoeken.

Dat was tenminste het tafereel dat Kurt enkele keren
per dag gadesloeg, gedurende de duisternis van de nacht
of tijdens het oneindige geraas van de Atlantische middagen, terwijl hij daar leefde als een man wiens gevoel ge-
castreerd was.

Heel zijn wereld bestond uit de stoet van jongens met schapenleren petten die hun adolescentie vierden op het naargeestige rotsachtige terrein, bij het onophoudelijke geluid van water dat leek op het achtergrondgeluid van de rotatie van de planeet.

Notre-Dame de Rocamadour telde vijftig eenpersoonskamers, een gemeenschappelijke zijvleugel met tachtig bedden, twee operatiezalen, een Turks bad, een gymnastiekzaal voor revalidatie, een reusachtige keuken, een eetzaal voor ongeveer tweehonderd disgenoten en een romaanse kapel. Het bezat ook een boomgaard met fruitbomen, een moestuin waarin groenten werden geteeld, een voetbalveld van aangestampte aarde, een eigen kerkhof en zelfs een paar motorboten die Bouvard en Pécuchet waren gedoopt.

Nadat het onmiddellijk na de bezetting van Roscoff en van haar buurtschappen gevorderd was, vormden de Duitsers de kraamkliniek ervan om tot een afdeling voor gelaatchirurgie, en zij reserveerden het herstellingsoord voor de behandeling van bijzonder ernstige – mensen met brandwonden, verminkten, blinden – of buitengewoon vreemde gevallen.

Hoewel het ziekenhuis bestuurd werd door een kapitein van de Waffen-ss, *Hauptsturmführer* Schussel, werd het werk er verricht door autochtoon personeel en de werkelijke directeur en manusje-van-alles was Kurts arts, dokter Lasalle, een Normandiër die Duits sprak, want hij had gestudeerd in het Berlijn van de gelukkige jaren twintig, het Berlijn van Grosz, Piscator en Brecht.

Lasalle, een man van beproefde betrouwbaarheid en iemand die een uitstekende reputatie genoot bij zijn collega's, had nog nooit te maken gehad met een geval dat vergelijkbaar was met dat van Kurt. Wel had hij gedurende zijn loopbaan zeer vreemde fenomenen behandeld, waaronder patiënten die waren getroffen door daltonisme – kleurenblindheid als gevolg van een ongeluk – en innemende rekenwonders – mensen die als gevolg van een trauma of een verwonding een verbazingwekkende numerieke of mnemotechnische vaardigheid hadden ontwikkeld –, maar nog nooit had iemand, voor zover Lasalle het zich kon herinneren, een aandoening vertoond als die van Kurt.

Zich bewust van de kans die de oorlog hem bood, vroeg Lasalle aan de bezettingsautoriteiten toestemming om naar Parijs te telefoneren en de beroemdste neurologen van dat moment bijeen te roepen, en gezien het uitzonderlijke van het geval verzocht hij zelfs met zijn patiënt naar Duitsland te mogen reizen, maar de bureaucratie van de oorlog is traag en vindt altijd wel een taak waar beter tijd en geld aan besteed kan worden dan de zorg voor een zieke, zodat Kurt opgesloten bleef op zijn kamer in Notre-Dame de Rocamadour, terwijl Hauptsturmführer Schussel fantaseerde over een pensioen aan de oevers van de Oostzeekust zodra de oorlog zou zijn afgelopen.

Volgens de woorden van Lasalle was De Metafoor de bijnaam die het best paste bij een man als Kurt, die, niet wetend hoe hij zijn afwijzing van wat zijn zintuigen hem toonden duidelijk kon laten blijken, had gekozen voor een drastische oplossing: het opschorten van zijn banden met de werkelijkheid.

Die dramatische *epoché*, die muur die hij had opgericht tussen de uiteinden van zijn zenuwen en de prikkels die deze in werking zetten, bleek op die manier, op zijn minst, even verhelderend als buitengewoon te zijn, want deze vormde, nog altijd naar de mening van Lasalle – die, laten we dat niet vergeten, afkomstig was uit een bezet land, een land dat geplunderd en vernederd was door een vijand die van de tucht zijn grootste deugd en van de verschrikking zijn meest opmerkelijke heraut had gemaakt –, de gietvorm van een laf Europa dat al sinds de vooroorlogse annexaties en de daaropvolgende hitleriaanse ingeving van de Blitzkrieg was gezwicht voor het fascisme en had gekozen voor de verlamming, de zelfverloochenende en rampzalige verlamming.

Gezien zijn vreemdsoortigheid was Kurt een monster, dat lijdt geen twijfel, maar een bíjna ethisch monster, dat tussen zijn gevoel en de wereld een relatie van disconnectie was aangegaan, van niet-erkenning, van onmeetbaarheid. Dat het hart van een mens altijd een raadsel is, dat is iets dat, zélfs voor een arts, gemakkelijk te accepteren valt; maar dat het raadsel zich op die manier zou uitdrukken op de kaart van een lichaam blijkt iets te zijn dat, voor-ál voor een arts, moeilijk te tolereren is.

Het was zeer duidelijk dat, afgescheiden van de wereld door het onvermogen om de uiterlijke verschijningsvormen ervan te begrijpen, de vroegere vertrouweling van Hauptmann Löwitsch de herinnering aan wat hij had meegemaakt alleen kon bewaren door middel van de taal en van de denkbeelden, want het was hem al niet meer gegeven te voelen wat vuur of kou waren, zodat al zijn schroom, die tweede huid, in één pennenstreek bleek te zijn afgeschud. Weinig mensen zullen zich, in feite, zo be-vrijd hebben gevoeld in hun sterfelijkheid, in hun eindig-heid, als de kleermaker uit Bielefeld, die, als een god die beroofd is van de geneugtes van de tastzin, er alleen op kon vertrouwen het leven te vangen door middel van de verbeelding en van het geheugen.

Zijn neerslachtigheid zette Kurt ertoe aan om lange brieven naar huis te schrijven. Daarin had hij het, zijn werkelijke toestand verzwijgend, over een niet geheelde wond waarvan hij nog herstellende was. Aldus kwam hij, via zijn vader, achter Rachels deportatie naar een getto in Tsjechoslowakije. Schijnbaar tegenstrijdig kon hij niets voelen en hoewel het verdriet, bij het lezen van het be-richt, in zijn binnenste als idee groter werd, was hij niet in staat om in een van de scharnieren van zijn lichaam een orgaan te vinden waarmee hij het kon voelen.

Diezelfde nacht vertrouwde Kurt Lasalle toe dat hij, op

de christelijke manier, het lichaam altijd had voorgesteld als een kleine kerker, maar dat hij nu pas, nu zijn ledematen veranderd waren in dood hout, begreep dat die kooi ook een uitlaatklep was, een bevrijdende zuiger, de buitengewone verbinding die ieder mens legt met de hem omringende levens.

Aan Rachel, in feite zijn enige passie, bewaarde hij een steeds sterkere herinnering; omdat hij verplicht was haar iedere dag opnieuw te verzinnen in haar verloren weefsels (als een blinde schilder die in zijn atelier, voor het onbeschilderde doek, uit het duistere magma van zijn vroegere indrukken de waarneembare eigenschappen van de wereld weer tot leven brengt door die met elkaar te vermengen in de wonderbaarlijke retort van zijn blindheid), bezat haar geestelijke aanwezigheid, die volkomen onbetwistbaar was, immers een eigen entiteit, niet veel verschillend van die welke een algemeen principe oproept in het bewustzijn.

Lasalle beweerde in zijn memorandums dat Kurt, verplicht als hij was tot die verbluffende exercitie van de rede, gedurende zijn 'gevangenschap' een potentieel ontwikkelde dat men, waarschijnlijk, vroeger nooit bij hem vermoed had en dat hij onder normale omstandigheden waarschijnlijk nooit zou hebben ontwikkeld. Als eerste lid van een gezelschap van alleen en uitsluitend denkende wezens, tegelijkertijd verwekker en kind, zonder bloedeigen broers en zusters of banden met het verleden of met de toekomst, groeide Kurt, een soort ongeval in de vergetelheid van een zuiver mentale schepping, dag na dag, voor de ogen van Lasalle, in zijn verbluffende intellectuele activiteit.

Arts en patiënt spraken, maar natuurlijk!, ook over de gebeurtenis in Mieux, en zij probeerden in de vlakke formulering van de woorden een bont geschakeerde en complexe wereld samen te vatten.

Kurt gaf toe geen bijzondere wrok te voelen jegens Löwitsch vanwege zijn wreedheid en ook niet jegens zijn kameraden vanwege hun kuddegeest. Evenmin jegens de Fransen die met zoveel wreedheid de wachtpost hadden aangevallen. Zijn lichaam was gewoon bezweken.

Op die tweede januari 1941 waren heel het spel en de illusie en de extase van een min of meer epische strijd in zwijm gevallen, en als een dreigende reus, als een wrede golem was uitsluitend het aangezicht van de afschuw overeind blijven staan.

XIV

VAN ERMELINDE KON HETZELFDE GEZEGD WORDEN ALS VAN de tijd waarin zij leefde: zij had aanleg voor pijn.

Verpleegster zijn in oorlogstijd is een veel minder romantische roeping dan een ad hoc literatuur zou kunnen suggereren, vooral in het geval van Ermelinde, die iedere pijn en iedere jammerklacht, alle angsten, alle bandages tot de hare maakte.

Bovendien had voor Ermelinde geen van haar zieken een ander vaderland of een ander credo dan het lijden. De wonden van een lid van de Gestapo, die overrompeld was in een hinderlaag, zou ze op dezelfde manier hebben verlicht als die van een kind dat gewond was door Duitse schrootmunitie of dat uit een draaimolen was gevallen op een dorpskermis. Als het ging om het bieden van troost stond Ermelinde geen halve maatregelen toe: want het kon dan wel zo zijn dat de pijn een schaalverdeling kende, maar het vlees was altijd hetzelfde.

Toen Ermelinde in mei 1941 de deur van Notre-Dame de Rocamadour binnenkwam met haar koffer met Schot-

se ruiten, haar hagelwitte kleren en haar ijzersterke overtuiging dat de hel een plaats vol levenden is, had Kurt de
nullijn van de pijn bereikt, een paradoxale situatie waarin zijn lijden, omdat het buiten elk gevoel stond, omdat
het in iets werkelijk bovenmenselijks was veranderd, on-
voorstelbaar groot was geworden.

Lasalle, die hem had behandeld met een zorg die niet
zonder academisch eigenbelang was – zoals bijna alle we-
tenschappelijke geesten liep de Normandiër over van enthousiasme, hoewel hij zijn onschuld had verloren bij het
opensnijden van zijn eerste kikker –, voelde zich in die
tijd niet in staat iets anders te doen dan in stilte naar hem
te luisteren, met hem over het strand te wandelen op zoek
naar schelpdieren of aantekeningen te maken in zijn dag-
boek.

Duitsland, een schuw vaderland dat belichaamd werd
in Hauptmann Löwitsch, wiens gestalte uiteindelijk
slechts één keer gereflecteerd werd in de spiegels van het
herstellingsoord, alsof de officier zich schaamde voor de
afvalligheid van wie ooit zijn vertrouweling was en zijn
ziekte net zo beleefde als die van iemand die besmet was
en die tegen elke prijs ver weg moet worden gehouden
van zijn medemensen, had een van zijn zonen vergeten.
Na dat even snelle als verwarrende bezoek, dat de trekken van de angst aftekende op de gezichten van het personeel van het herstellingsoord en een bijna fysiek onbe-
hagen in de lucht achterliet, als de stank die zou kunnen

worden voortgebracht door een zich bewegend lijk, begon Kurt te begrijpen waarin hij veranderd was.

Niemand wendde zich dus tot Lasalle om Obergefreiter Crüwell op te eisen. Geen enkel verzoek om de zieke te repatriëren verliet de schrijftafel van Hauptsturmführer Schussel. Als een uitwas, veroorzaakt door de verschrikking van de oorlog zelf, als een stel kleren verscheurd door ongedierte of als een ten gevolge van chirurgie geamputeerde hand, was Kurt aan zijn lot overgelaten in een vreemd land.

In die dubbele en erbarmelijke staat, van buitenlander en zieke, trof Ermelinde hem in de lente van 1941 aan, terwijl alleen Engeland nog overeind stond en de druk van de nazi's weerstond, Adolf Hitler plannen maakte voor de ophanden zijnde invasie van de Sovjet-Unie en de wereld, onthutst, machteloos het ontstaan van een nieuwe orde gadesloeg.

Tijdens haar eerste bezoek, op een namiddag waarop een onbeschaamde mist zich meester had gemaakt van de kleuren van de zee en van de geuren van het land, zozeer dat de wereld met een soort stroomuitval te maken scheen te hebben gehad, toonde Kurt zich stug en achteloos, misschien meer uit schaamte dan omdat dit in zijn aard lag, alsof hij in Ermelinde een nieuwe kijker meende te zien naar het kermismonster waarin hij was veranderd.

Toen Lasalle de kamer uit ging en hen alleen liet, sloot Kurt zich op in een versteend lachje, in een in ieder opzicht kinderachtige koppigheid die Ermelinde echter even natuurlijk voorkwam als de ademhaling, want zij merkte dat zijn schijnbare minachting nauwelijks zijn behoefte aan genegenheid kon maskeren en zij accepteerde dat de tijd, stilletjes, met zijn tucht alles op zijn plaats zou zetten.

Zodat gedurende die eerste middag een hardnekkige Ermelinde, die wedijverde met de mist, zich ertoe beperkte er te zijn, gezeten op een stoel zonder rugleuning terwijl ze net deed of ze een boek over de geschiedenis van Bretagne las, zodat Kurt langzamerhand, als een jongen onder de sterren, zich vol kon zuigen met haar zwijgzame licht, met haar er-weten-te-zijn, met haar stilte.

Toen zij om acht uur precies het boek sloot, haar benen ontkruiste en zonder geluid te maken opstond, hadden ze geen enkel woord gewisseld, zelfs niet de rituele groet van twee vreemden die elkaar zojuist hebben leren kennen.

Maar toen Ermelinde zich bij het dichtdoen van de deur omdraaide, kon ze zien dat Kurt haar zat aan te kijken en dat er in zijn ogen een smeekbede lag. 'Luister naar mij' zei die. 'Praat met mij.'

XV

IN DIE OMSTANDIGHEDEN HAD KURT MAAR WEINIG TE VER-
wachten van zijn toekomst. En hoewel hij al eind maart,
twee maanden voordat Ermelinde in Notre-Dame de Rocamadour verscheen, begonnen was ongeduldig te worden en hij, voor het eerst, aan zijn vader nieuws liet door-
schemeren over zijn werkelijke situatie, maakten de
brieven die hij uit Bielefeld teruggestuurd kreeg met het
stempel GEADRESSEERDE ONBEKEND dat hij op zijn hoede
was.

Het was zonneklaar dat zijn missives gelezen werden
door onzichtbare censors. De Metafoor bestond niet voor
de zijnen. Alle bruggen voor een terugkeer naar thuis waren versperd. De kleermakerij op nummer 64 van de Gütersloher Straße was de kwintessens van een verloren wereld geworden.

Toen dus ieder spoortje argeloosheid was weggevaagd,
en zonder ander toevluchtsoord dan zijn verbitterde verstand, vond Kurt al snel in Ermelinde een vurige handlangster.

Een handlangster, want ondanks het feit dat zij niet meer dan een paar beleefdheidsfrasen in het Duits kende en het Frans van de kleermaker alleen geschikt was om eenvoudige orders te geven of medelijden op te wekken, begreep Kurt, vanaf het eerste uur dat zij samen doorbrachten na die eerste, door mist geprikkelde middag, dat de roeping van Ermelinde verder ging dan welk woord ook; vurig, omdat Kurt, die geen pijn kon voelen en desondanks zo ver was gevorderd in het apostolaat van het lijden als bijna geen ander mens in die oorlog, voor Ermelinde een soort ultieme uitdaging in haar loopbaan betekende, zodat zij met betrekking tot zijn vlees wel iets moest ervaren dat weinig verschilde van de verwarring van de wiskundige ten aanzien van de paradoxen van Zeno van Elea of van het gevoel van een filosoof die, in de sterrennacht, volkomen toegewijd aan zijn plicht als wetenschapper, zichzelf vragen stelt met betrekking tot de gestrengheid van die koude meteorieten.

Daarom keek Lasalle er niet vreemd van op dat zij beiden, kort nadat zij elkaar hadden leren kennen, met de zomer voor de deur, verliefd op elkaar werden.

Het is waar dat, in dit geval, liefde een onbestendig, vaag woord was, vol poriën waar andere vormen van genegenheid doorheen sijpelden – medelijden, barmhartigheid, zelfs saamhorigheid –, maar welke naam moeten we anders geven aan dat halsstarrige gevoel dat viel af te leiden uit het karmijnrood dat Ermelinde nu aan haar lip-

pen gaf en aan de wolfskers dat nu haar ogen deed glanzen, of aan het ongebruikelijke verzoek van Kurt dat zijn
haren geknipt moesten worden en dat Lasalle burgerkle-
ding voor hem moest zien te krijgen, een borsalino en een
paar nieuwe schoenen?

En hoewel het redelijk is te denken dat het Ermelinde
moest zijn die dienaangaande meer reserves koesterde –
want haar liefkozingen moesten wel, als woorden zonder
weerklank, het ene oor in en het andere weer uit gaan (van
haar kussen, die wel niets zouden betekenen voor de wan-
gen, de lippen of de borst van Kurt, tot de druk van haar
warme en met ijzerhard geparfumeerde handen, die over
de huid van de zieke heen zouden gaan als over een ver-
dorde en koelbloedige minerale bodem; en dan hebben
we het niet eens, waarom ook niet, over de droefheid van
dat nooit bevredigde vrouwenlichaam dat zich, bij het geraas van de golven en tussen de rijen krabben op het
strand van Roscoff, op bepaalde avonden zou overgeven
aan een man wiens geslacht, bleek en slapend, alleen maar
een last bleek te zijn) –, is het niet minder waar dat zij
zo veel en zulke machtige duivels met een beminnelijk
stoïcisme overwon, altijd één met de schaduw van Kurt
– zoals een naam verbonden is aan het ding dat het aan-
duidt –, de kleermaker eten gevend, zijn bed verschonend,
de last van zijn droevige uren verlichtend zonder haast of
iets te eisen, zonder iets anders te verlangen dan een glimlach, een of andere uiting van genegenheid in die taal van

de binnenvallende vijand, een taal waarvan zij vrijwel niets kende, de mogelijkheid de korte afdruk van hun voetsporen op het zand met hem te delen.

En hoewel het ook redelijk is te denken dat elk en ieder van deze vormen van verdriet aanwezig was vanaf hun eerste blik, vanaf het eerste gebaar, vanaf de eerste kleine en vertrouwelijke opoffering, verdriet dat tussen hen beiden leefde zoals de houtworm zich nestelt in een houtsnijwerk of zoals een geheim kankergezwel ademt in het binnenste van een cel, is het toch niet minder waar dat Kurt Ermelinde accepteerde in de routine van zijn dagen en in de ledigheid van zijn slapeloze uren, als een kostelijk geschenk, als een soort poëtische billijkheid op zijn reis naar de kern van het niets, als een heel klein maar schitterend kiertje van licht waar een laatste beetje mildheid jegens de dwaasheid en de gekte van de mensen doorheen kon sijpelen.

Zodat, wanneer er in die dagen iets verschrikkelijks zou zijn gebeurd; wanneer, bijvoorbeeld, Kurt een aanval van een onschuldige blindedarmontsteking zou hebben gehad die, na achtenveertig of tweeënzeventig uur van stille en onzichtbare infectie, zou leiden tot een dodelijke bloedvergiftiging, dan zou een verliefde Ermelinde zijn lijk hebben gereinigd met talkpoeder en zijn huid hebben ingewreven met lijnolie, ze zou de nagels van zijn vingers en van zijn tenen hebben bijgewerkt en zelfs de gewaagde snor à la John Gilbert die Kurt had laten groeien tot innerlijke blijdschap van Lasalle en stille bewondering van de rest van de zieken, ze zou het lichaam met de bijna voor een moeder geëigende fijngevoeligheid hebben aangekleed, ze zou met een vogelkus op zijn oogleden afscheid hebben genomen van zijn gezicht, zou zijn schaarse bezittingen (de geretourneerde brieven, het militaire uniform, het etui met kleermakersgerei, het stukje rots uit Souppes dat hij uit Montmartre had meegenomen, een paar Franse postzegels die hij in de loop van de tijd had verzameld, de lelie die hij aan de velden van de Auvergne had ontstolen en gedroogd had bewaard in een stukgelezen exemplaar van *Quatre-vingt-treize* van Victor Hugo) hebben verzameld in een pakketje van grove stof dat ze diezelfde maand nog onder een valse naam als afzender zou hebben gestuurd naar nummer 66 van de Gütersloher Straße en zij zou, samen met dokter Lasalle, de lijkbaar hebben vergezeld naar de privébegraafplaats van Notre-Dame de Rocamadour, waar de kleermaker uit Bielefeld in de naar honderden uienoogsten geurende en door geen enkele priester gewijde aarde zou zijn begraven als vijand van *la douce France* onder een notenhouten kruis en een ongetwijfeld door de Duitse regering betaalde steen – waarom zou men het lijk van een geestverschijning repatriëren – waarin in opdracht van Ermelinde voor haar geliefde deze enige, ware, gedenkwaardige versregel van Charles Baudelaire zou zijn gegraveerd:

Résigne-toi, mon coeur; dors ton sommeil de brute.

XVI

HET GEBRUIK VAN DE CONDITIONALIS LAAT AL DOORSCHE-meren dat een dergelijke dramatische veronderstelling uiteindelijk niet werd bewaarheid, zodat Roscoff er veeleer eerder dan later gewend aan raakte het paar lange wandelingen te zien maken over de boulevards, porties Bretonse *far* etend bij de aanlegsteiger voor boten naar het eiland Batz of liggend in de hitte van de mooie zomer op het strand van fijn zand.

Alsof hij aanvoelde hoe de toekomst zich zou aftekenen, alsof Lasalle, door een van die vreemde toevalligheden waarmee het leven soms koppig geïdentificeerd wil blijven worden, in de rust van zijn werkkamer een voorgevoel had gehad van wat maanden later zou gebeuren, had de dokter ervoor gezorgd buiten de muren van het herstellingsoord een zeker geheim te bewaren, niet alleen met betrekking tot de omstandigheden van Kurts ziekte, maar ook tot zijn nationaliteit, zodat de inwoners van Roscoff er niets op tegen hadden om te denken dat die wat kromme jongeman, met handen zo fijn als die van een pianist, met een hoed van Italiaans vilt op zijn hoofd en met een anachronistische snor uit de tijd van de Eerste Wereldoorlog, ook een Franse verpleger was, die jongeman die zij om de drie middagen voorbij zagen komen aan de arm van een zeker klein meisje, stevig als een boegbeeld en met ogen zo groot als kersen.

Een mooi paar, dachten zij terwijl zij een angel in de Atlantische Oceaan wierpen, hun rozenstruiken snoeiden of een sabotagedaad tegen de spoorwegen voorbereidden; een beetje droevig, maar ongetwijfeld mooi.

Kurt en Ermelinde ontraadselden samen het beeldhouwwerk van de kerken, liepen over wegen en dezelfde weg weer terug langs de rand van de kliffen, wisselden min of meer verminkte zinnen in hun respectieve talen uit. Zichzelf ontdekkend ontdekten zij de wereld opnieuw, zoals altijd gebeurt wanneer een man en een vrouw verliefd worden. En nooit noemden zij de gebeurtenis die hen had samengebracht.

Het was mooi, hoewel tegelijk wreed te bedenken dat, terwijl Europa instortte, zij beiden door de liefde opbloeiden als bloemen in een modderpoel. Het was mooi, hoewel tegelijk wreed te bedenken dat, terwijl de keurige ideologen van Hitler besloten zeep of lampenkappen te laten maken van de huid van Rachel Pinkus, zij beiden zich overgaven aan die verblindende blinde hartstocht waarin zelfs de ziekte van Kurt een nare droom leek te zijn waaruit zij spoedig zouden ontwaken.

In feite hangt bij een man en een vrouw bijna alles altijd af van het moment. Wat doen de bazuinen van Jericho ertoe, de verwoesting van de toren van Babel of zelfs de brand van Rome wanneer er nog tijd over is voor de oude god.

De wereld bloedde nog een keer dood bij de omhelzing van twee gelieven.

Bovendien vond Kurt, gedurende die zomer van 1941, misschien wel op dezelfde dag als die waarop de gemotoriseerde divisies koers zetten naar de Sovjet-Unie en het Dritte Reich, zonder dat te vermoeden, zijn eerste stap zette naar de totale ondergang, zijn roeping als kleermaker weer terug.

Daarbij werd een beslissende rol gespeeld door Ermelindes gezond verstand, dat ongetwijfeld gesmeerder functioneerde dan dat van Lasalle waar het praktische aangelegenheden betrof en dat, bijgevolg, algauw merkte dat de terugkeer van Kurt tot een normaal bestaan via een vlucht naar het toevluchtsoord van de gewoonte verliep. Per slot van rekening is geen enkele omwenteling zo ingrijpend als die van de dagelijkse dingen en niets zo verstandig als het herhalen, iedere dag, van een paar kleine gebaren.

Bij Lasalle, een en al fascinatie voor de unieke mens, was de gedachte niet opgekomen dat degene die hij tegenover zich had vooral een eenvoudige kleermaker was, hoezeer hij zich ook vermomd had als een ongewone sol-

daat zonder gevoel. Uit zijn bagage het etui weer opdie-
pen waarin Kurt zijn schatten uit Bielefeld bewaarde en
het boven op zijn bed achterlaten terwijl hij zich stond te
scheren, was misschien wel het meest opmerkelijke wa-
penfeit dat Ermelinde pleegde gedurende de tijd die zij
doorbracht tussen de muren van Notre-Dame de Rocamadour. Toen zij een uur later zonder geluid te maken de
kamer van Kurt binnenkwam, kon de verpleegster zien
dat de herrezen kleermaker, in gepeins verzonken als een
edelsmid boven de facetten van een diamant, probeerde
te raden of er ook maar iets van symmetrie bestond tussen de knoopsgaten van zijn uniformjasje.

Bovendien vond Kurt die zomer een andere en geliefde passie terug: zijn liefde voor de muziek, een liefde die
het hem in de toekomst mogelijk zou maken zich weer
trots te voelen op de mensen, trots tot hen gerekend te
worden, ook al was het deze keer het toeval dat het weer-
zien met een al heel lang geleden verloren geluk bewerk-
stelligde.

Op een middag, nadat hij naar Saint-Pol-de-Léon was
gefietst, hoorde hij de klank van het door Cavaillé-Coll
voor de kerk van Notre-Dame de Kreisker gebouwde orgel. Kurt sprong toen, alsof hij door een schorpioen was
gebeten, van zijn fiets. Een minuut later vertolkte, tot ver-
bazing van een oude stemmer en tot vreugde van een fran-
ciscaner pater die een brandnetelomelet aan het bakken
was op een gasoventje, een vreemde die luidkeels zong,

74

totaal geen rekening houdend met wat de mensen er wel niet van zouden zeggen, met evenveel enthousiasme als toewijding een motet van Händel.

Want hoewel het waar was dat de vingertoppen van Kurt de toetsen niet voelden, zag, rook en proefde zijn lichaam, als een reusachtige klankkast, de muziek.

XVII

OP 2 NOVEMBER 1941, DE DAG WAAROP ER TIEN MAANDEN
verstreken waren sinds de gebeurtenissen in Mieux,
sneeuwde het in Roscoff. Een ongebruikelijke kou, afkomstig van zee, stortte zich vanaf de vroege ochtend als
een stenen laken op Finistère.

Die morgen, de koudste sinds jaren die Lasalle zich kon
herinneren, verspilden zieken en verplegers nauwelijks
hun krachten door elkaar te groeten. Uit de keuken kwamen alleen maar bouillon en grote kannen punch, en zelfs
Hauptsturmführer Schussel, gewoonlijk druk bezig met
eindeloze partijtjes schaak met een van zijn *aides de camp*,
ontsnapte voor etenstijd naar Rennes, met een familiebe-
zoek als voorwendsel.

Toen om precies vijf uur 's middags de hoofdketel ont-
plofte als een bloem van vuur op de witte lijkwade van
sneeuw, wist Lasalle dat zijn laatste uur gekomen was.
Terwijl een ondraaglijke benzinestank alles doordrenkte,
begreep hij dat hij die avond, of binnen hoogstens vier-
entwintig uur, dood zou zijn. Zodat hij zich haastte om

het een en ander met elkaar in verband te brengen en een waardige uitweg te bieden aan het lot van twee mensen.

Inderdaad, op hetzelfde moment waarop de olietank openbarstte, de oostelijke vleugel van het herstellingsoord en heel de hoofdwacht van Notre-Dame de Rocamadour met zich meesleurend, trok Lasalle een bittere grijns die de schim van een glimlach verborg. Niet voor niets was hijzelf een Normandiër, en hoewel hij arts was, kon hij er een eed op doen wie de slachtoffers en wie de beulen waren in die oorlog. (Hoogstwaarschijnlijk stelde deze overtuiging dat er ondanks alles twee kampen bestonden Lasalle in staat om medelijden te hebben met Kurt, want hoewel deze, in ieder geval in naam, alleen maar een vijandelijke soldaat was, een Duitse soldaat, diende het antwoord van zijn organisme op de verschrikking van de oorlog in de ogen van de arts als boetedoening.)

Toen de acht mannen – verdeeld over twee volmaakt synchroon opererende groepen van vier, met Duitse aanvalswapens en camouflagejasjes van de Royal Air Force die mogelijk behouden waren gebleven bij de dramatische ontruiming van Duinkerken – het kantoor van Lasalle binnendrongen en hem zonder hun stem te verheffen uitlegden wat hun bedoelingen waren, veranderde er onvermijdelijk iets binnen in de arts.

Wie weet of het angst was, of lange tijd ingehouden woede, of schaamte omdat hij bij zijn eigen landgenoten

doorging voor collaborateur, maar zeker is dat die recht-
schapen maar hartelijke, strenge maar vriendelijke man,
dezelfde die een uur eerder – en niet zozeer overeenkomstig zijn hippocratische eed als wel vanwege zijn geweten – met gevaar voor eigen leven verhinderd zou hebben
dat om het even welke van die zieke soldaten ook maar
een haar gekrenkt zou worden, toen niet aarzelde om al
die levens op te offeren in ruil voor een onduidelijke vorm
van wraak waarin wellicht mysteries van het voor een
land, voor een vlag en zelfs voor een zeker ideaal vergo-
ten bloed met elkaar vermengd waren.

Vast staat dat Lasalle in zijn duivelse minuut, omhoog-
getild naar de zonnekar van zijn woede, nog een ogenblik
tijd had voor medelijden – de acht aanvallers vragen genade te schenken aan een korporaal genaamd Crüwell –
en voor trots – weigeren met hen mee te vluchten wanneer hun taak eenmaal volbracht was –, en gezeten achter zijn essenhouten tafel met een boek van Marcel Proust
in zijn handen bleef wachten tot Hauptsturmführer
Schussel in allerijl zou terugkomen uit Rennes en opdracht zou geven om hem, Lasalle, onmiddellijk te fusil-
leren.

Zodat Kurt, nog eens uitgenodigd tot de mallemolen
van de verschrikking, tot die meedogenloze tredmolen
die de oorlog is, aanwezig moest zijn bij het ritueel van
een tweede moordpartij. Alleen waren de doden deze keer
jongens met kort haar en een zwervende, weinig of hele-

maal niet waardige blik, die zijn eigen taal spraken, gestudeerd hadden in lycea die weinig verschilden van het
zijne en die min of meer beleefde groeten met hem hadden uitgewisseld gedurende die laatste tien maanden; jongens die afkomstig waren uit Hannover, jongens die afkomstig waren uit Dresden, jongens die afkomstig waren
uit Leipzig, jongens die nog diezelfde namiddag gingen
sterven – ver weg van de troost van hun ouders, van hun
geliefden en van hun vrienden, ver weg van hun geboorteplaats en van de heilige vuren van de huiselijke haard –
in een herstellingsoord aan de Atlantische Oceaan, door
de hand van een peloton van de Résistance dat de sneeuw
rood zou doen kleuren, alsof er op hermelijnen werd ge-
schoten of op zeehondjes.

En als Kurt in de razernij van Hauptmann Löwitsch bij
een stenen kruiswegstatie het wonder van een onverbiddelijke jeugd had ontdekt, dan ontdekte hij in de achte-
loosheid van dokter Lasalle toen deze toestond dat zijn
patiënten naar het voetbalveld werden gebracht en daar
werden terechtgesteld zonder een enkel woord, bijna
pijnloos, door de lichtflitsen uit de mitrailleurs die net zo
klonken als de schoenen van een tapdanser op een podi-
um, alsof de soldaten wisten dat ze op die manier moesten sterven (zonder om genade te smeken) en de moordenaars wisten dat ze op die andere manier moesten
doden (zonder te lachen om de dood), in die ingehouden
onverschilligheid van Lasalle, die bij het knetteren van de

gevelde lichamen onbuigzaam bleef staan te midden van de slachtpartij, met zijn handen gevouwen op zijn rug, zoals een functionaris die toezicht houdt op een paar deelnemers gedurende het afnemen van een examen of als een professor in de anatomie die zonder met zijn ogen te knipperen de vivisectie op een volgroeide lever observeert, in die onbewogen en sceptische houding ontdekte Kurt dus de keerzijde – of het zou beter zijn te zeggen: de voortzetting – van die verschrikking die hij tien maanden eerder had doorgemaakt, en hij zag zelfs onder ogen dat angst en wreedheid geen eigen vaderland hebben en dat die in dezelfde mate huizen in alle harten: in die van Fransen, Duitsers, Russen, Amerikanen, Japanners, Spanjaarden, wat maakt het uit!, het is de smerige materie van de mens die op de weegschaal ligt, zijn verloedering, zijn laaghartigheid, zijn aanmatiging van dweperig dier, niet zijn vadersnaam of zijn geloof of zijn culinaire smaak.

En toch, toen het zijn beurt was in de moordpartij, toen hij naar het midden van de kring van de dood werd geduwd door een paar sterke handen, niet de handen van een kleermaker maar die van een houthakker, niet de handen van een organist maar die van een mijnwerker, toen Kurt staande tussen de gevallenen vaag de hoofdbeweging zag die Lasalle maakte naar een van de acht Fransen, de belofte van redding die besloten lag in dat bijna onzichtbare hoofdschudden, toen begreep hij dat hij, ondanks alles, ondanks de oneindige verschrikking van de wereld, niet wilde sterven.

Nogmaals maakte de meest duistere en angstaanjagende logica die er maar bestaat, de logica van de overlevende, dat hij zich vastklampte aan het geheiligde stofreepje van het leven.

XVIII

EEN VAN DE VOORDELEN — MISSCHIEN WEL HET ENIGE — VAN
het niet-bestaan voor de wereld is dat een mens zichzelf
opnieuw kan verzinnen.

Vaak dacht Kurt, als kind, telkens wanneer hij de vol-
wassenen hoorde praten over geweldige rampen waarbij
duizenden mensen waren verdwenen of wanneer hij in de
boeken van een bibliotheek in Bielefeld het verslag van
vroegere rampen las, aan mannen die zwaar in de schulden zaten, aan vrouwen die hun echtgenoten beu waren
of aan jongeren die voortdurend op voet van oorlog stonden met hun ouders.

Buitensporige tragedies, waarbij alle namen worden
uitgewist, bieden altijd de mogelijkheid om van voren af
aan te beginnen. Wanneer de golven een stad verzwelgen,
verzwelgen ze ook een groot deel van haar verleden.
Wanneer de aarde haar muil opent, verslindt zij niet alleen scholen, trams of beurzen. Wie zal een inwoner van
Lissabon, die de aardbeving van Allerheiligen in 1755
heeft overleefd, zijn naam kunnen betwisten? Als die man

zou zeggen dat hij, bijvoorbeeld, Gonçalo Távora heet, wie kan dan beweren dat hij niet is wie hij zegt te zijn? Doet het er iets toe dat die man niet over papieren beschikt? Heeft hij soms niet alles onder de puinhopen verloren? Voelt iemand zich gerechtigd om te twijfelen aan wat die man zegt, om de naam die hij uitspreekt wanneer iemand hem vraagt hoe hij heet in twijfel te trekken? Hijzelf is wie hij zegt te zijn, bijvoorbeeld Gonçalo Távora, een ongehuwde man, zonder kinderen, zonder schulden bij de Portugese fiscus, zonder ruzies met zijn buren, zonder na te komen verplichtingen. Zijn rekeningen, allemaal, zelfs de allerkleinste, zijn voldaan vanaf het moment waarop hij opnieuw is geboren, waarop hij herrezen is onder die naam.

Want, uiteindelijk, hoewel deze misschien weinig lijkt voor te stellen, is een naam dat wat wij zijn.

Ook twee lichamen aan boord van een bootje lijken niet veel waard te zijn. Eigenlijk bijna niets. Maar zelfs dan, zelfs wanneer men rekening houdt met het verschrikkelijke verschil in grootte waaraan ze het hoofd moeten bieden wanneer zij zichzelf vergelijken met de zee, met de lucht en met de altijd verre lijn van de horizon, betekenen twee harten die koppig blijven kloppen veel op het toneel van het leven. Vooral wanneer een van hen, een man die de bijtende kou niet voelt en evenmin de marteling van het tandbederf, beweert Fransman te zijn, Normandiër om precies te zijn, en in de binnenzak van zijn pak een paspoort bewaart dat is uitgegeven op naam van Jean-Jacques Lasalle, een naam die geschreven is in heldere rode letters, in een secuur gotisch schoonschrift, goed zichtbaar onder de bijbehorende foto. Want dat gezicht, nu uitgeteerder dan op de foto, is vanaf dat moment het zijne, dat van de naam in het paspoort, dat wil zeggen, dat van Jean-Jacques Lasalle.

En wanneer aan zijn zij, in de richting van de Engelse kust, gekleed als verpleegster, stevig ingepakt op de voorsteven van de Bouvard als een kleine baal en bedekt met een deken die uit haar koffer met Schotse ruiten is gehaald, dapper, ongeschonden in haar geloof en in haar toewijding, een vrouw reist die verliefd op hem is, wie of wat zal dan aan die man, die zojuist een handvol landgenoten heeft zien sterven, zijn nieuwe naam kunnen ontzeggen, zijn nieuwe verlangens, de krachtige redenen die hem, nadat hij door acht mannen met bloedbevlekte handen naar het strand is geleid, ertoe hebben gebracht om in dat bootje met de naam van een romanpersonage te klauteren, een bootje dat de wateren van de Atlantische Oceaan doorklieft op een avond in de barre herfst van 1941.

Derde deel

DEZE TRAAN
BEHELST EEN WERELD

XIX

TOEN ERMELINDE HEM MEEDEELDE DAT ZE ZWANGER WAS,
dacht Kurt eventjes dat het wonder zich zou voltrekken.
Maar dat zweempje gevoel, een korte bliksemflits van
warmte of van angst of van totale en echte blijdschap dat
zich leek af te tekenen in zijn nek, een plaats waar – dat
herinnerde hij zich nog goed – de gevoelens zich concen-
treerden, misleidde hem gedurende nauwelijks een se-
conde.

Zodat hij ook toen niets kon voelen. Zijn huid was bij
het bericht niet in staat blijk te geven van geluk. Ook niet
bij dat bericht, hoe fantastisch het ook was.

Ermelinde, die sinds 1942 in Hampstead werkte als
verpleegster in het Royal Free Hospital, deelde hem het
nieuws per telefoon mee op een regenachtige morgen in
de winter van 1946, de eerste winter zonder oorlog in Europa sinds het fascisme in 1936 Spanje had verwoest.

Met de telefoon nog in zijn hand, terwijl hij tevergeefs
zijn best deed om op zijn lichaam een plaats aan te tref-
fen waar zijn vaderschap *in pectore* zich mogelijk kon ui-

ten, keek Kurt – Jean-Jacques Lasalle voor de inwoners van Londen en, zoals daaruit kan worden afgeleid, voor een groot deel van de wereld – door het raam van zijn kantoor en zag dat een groepje van drie mannen naderbij kwam over een van de grindpaden van de begraafplaats.

Misschien doordat de drie mannen de aanhoudende regen zonder paraplu trotseerden, dacht Kurt aan een bijeenkomst van uitgeputte ruiters die van hun rijdieren waren gevallen of in de steek waren gelaten door hun officieren. Daarna, terwijl hij niet zonder toegeeflijkheid overdacht hoe betwistbaar dat denkbeeld was, bracht hij Ermelinde in herinnering hoeveel hij van haar hield en beloofde, voordat hij ophing, dat hij die avond naar huis zou komen met een fles wijn om dat zo geweldige nieuws te vieren.

Nooit deed hij dat. Niet de fles wijn kopen en evenmin naar huis komen.

XX

KURT HAD ZIJN BAAN ALS BEWAKER OP DE BEGRAAFPLAATS
van Highgate gekregen dankzij de goede diensten van een
forensisch arts, een vriend van Ermelinde, dokter Ken-
dall, een goed mens in de minst bedrieglijke betekenis van
het woord. Uiteindelijk zijn de geneeskunde en de dood
twee delen van één enkel en reusachtig bedrijf, het be-
heersen en beheren van de tijd, en wanneer een anatoom
van het Royal Free Hospital dríngend een lijk nodig had,
hetzij voor zijn eigen praktijken, hetzij voor die van zijn
meest begaafde leerlingen, vond hij altijd een helpende
hand in Highgate Cemetery die bereid was hem dat te
bezorgen.

Zijn werk bleek voor Kurt echter goed genoeg te ver-
dragen te zijn om niet in de verleiding te komen iets anders te zoeken. En dat niet zozeer vanwege een ziekelijke drang of omdat een voortdurend samenleven met de
dood hem onverschillig liet (feitelijk liet, vanuit een zeker oogpunt bezien, álles hem onverschillig), als wel vanwege het feit dat, gegeven de over het algemeen vreedza-

me aard van de bezoekers, de melancholieke atmosfeer waarin het kerkhof was ondergedompeld en de gemakzucht van zijn meerderen – die nog verankerd leken te zijn in een soort feestelijk intermezzo ten gevolge van de nederlaag van de asmogendheden –, Kurt het grootste deel van zijn tijd kon besteden aan het luisteren naar klassieke muziek, het lezen van hoogstaande literatuur en zelfs het maken van schetsen voor kostuums op de gele vellen papier met het briefhoofd van het Royal Free Hospital, die Ermelinde om de andere vrijdag voor hem meebracht, allemaal bezigheden die zijn intellectuele leven meer dan vulden.

Het Engels van Kurt, die de taal van Shakespeare en Sterne sprak met een zwaar nasaal accent waaruit om het even welk spoortje van verontreiniging met het Duits was verwijderd, was grammaticaal geweldig goed, een professor van Eton waardig, zoals zijn kameraden schertsten, merendeels jongens uit Noord-Londen die zich alleen bekommerden om de prijs van een pint bier, de weddenschappen op de renbaan en de warmte van het vlees van de meisjes die ze op vrijdagavond het hof maakten; jongens van rond de twintig jaar die de oorlog hadden doorgebracht in saaie intendanceposten, waar ze schoren van Spitfires repareerden in vochtige hangars of als lassers werkten in de wapenfabrieken, en die eraan gewend waren geraakt om aan de dood te denken als aan een uit de lucht afkomstig scherp gefluit.

Nadat hij de telefoon had opgehangen, richtte Kurt zijn aandacht weer op de drie mannen. Ze waren allemaal streng in het zwart gekleed, hoewel niemand van hen een mouwband, een rouwfloers of een das droeg, iets wat zou hebben doen denken aan recente rouw. Twee van hen droegen een bolhoed en die in het midden, de grootste, sleepte met zijn rechterbeen en droeg een enorme muts met oorkleppen. Hij leek wel een Russische schaker of een dichter die aan het bijkomen was van een heftige boemel, en zijn gelaatstrekken waren nauwelijks te zien onder de donzige kring van de muts. De drie waren correct gekleed, maar zonder een spoor van distinctie, netjes maar zonder elegantie, en Kurt bleef bij zijn eerste indruk dat er een zeker zweempje van triestheid of van tegenslag of van volslagen mislukking in hun manier van lopen zat, alsof zij zojuist het graf van een in de bloei van zijn leven gestorven prins hadden bezocht.

Kurt sloeg zijn ogen neer terwijl zij voor hem langs liepen (hij las de *Mémoires d'Outre-Tombe* van Chateaubriand), maar de gedrukte letters verloren iedere betekenis bij het horen van een in het Duits gesproken woord.

Het woord – *Schneider*, kleermaker – weerklonk in zijn oren zoals de bazuin van de Apocalyps moet hebben gedaan in de droombeelden van de ziener Johannes op Patmos. Het was al meer dan vier jaar geleden dat hij, sinds de door dokter Lasalle in het hospitaal van Notre-Dame de Rocamadour gespannen zilveren brug, een woord in zijn moedertaal had beluisterd, want hij had Ermelinde laten zweren dat ze nooit meer Duits zouden praten. (Kurt had zich zelfs aangewend in het Engels te denken en te dromen). En nu, nu de nachtmerrie van de oorlog dan toch voorbij was, nu hij gedurende de afgelopen maanden zich ervan overtuigd had, iedere keer sterker, *dat hij Jean-Jacques Lasalle was*, stuitte hij plotseling weer op zijn oude taal en hoorde hij dat ongebruikelijke woord, misschien wel het woord dat hij het minst wilde horen van alle woorden die in de wijde en grote wereld van de Duitse woorden bestonden, en ongetwijfeld juist op dat ogenblik en juist in die omstandigheden een van de meest bevreemdende woorden onder de veelheid aan woorden die het Duitse woordenboek bevolkten.

Hij keek naar de reproductie van het graf van Karl Marx die hij als boekenlegger gebruikte en dacht eraan hoe ironisch het was dat hij een boek van de burggraaf Chateaubriand las op een Engels kerkhof en dat het verleden, in de vorm van *flatus vocis*, zo in zijn leven terugkeerde, als een in zijn oren gemorst fluïdum.

Kurt gluurde in perspectief door het raam en zag dat de drie mannen waren blijven staan bij het hek van de oostelijke uitgang. Ze stonden in stilte te roken. Op hen bleef, onverbiddelijk, even Engels als de monarchie, de regen vallen.

Kurt raadpleegde zijn polshorloge en nam toen een besluit: Stuart bellen, zijn vervanger.

Stuart, een genotzuchtige dronkenlap die al tientallen jaren geleden uit Northumberland was gekomen, woonde in Swain's Lane, de weg die de twee ingangen van het kerkhof met elkaar verbond, en Kurt zei tegen hem dat Ermelinde zojuist had gebeld om hem mee te delen dat hij vader zou worden. Het was niet nodig hier iets aan toe te voegen. Een paar minuten later, buiten adem rakend en met een opengevouwen paraplu als zinnebeeld van vreugde, stak Stuart voor de drie mannen in het zwart de weg over – mannen die nieuwe sigaretten hadden opgestoken en zich zonder iets te zeggen omdraaiden toen zij voor hen langs een sproeterige duivel zagen lopen – en stortte zich onder kreten van tevredenheid en een hoogst enkele naargeestige vloek op Kurt.

Jongens uit Noord-Londen, zei Kurt bij zichzelf terwijl de geur van *rye whisky*, die uit de mond en de kleren van Stuart wasemde, hem omhulde als een schoudermantel van aangename nevel, aardige jongens uit het noordelijk deel van het oude, vertrouwde Londen.

XXI

DE VROUW WAS LANG, DROEG EEN SCHARLAKENRODE CAPE
met witte banen en had prachtige Slavische jukbeende-
ren. Terwijl zij een poedel op haar armen hield, hield een
man met een uniformpet en een asgrijs uniform een paraplu boven haar donkere haren. Zo gezien, vanuit de
deuropening van het kantoor, zou men kunnen denken
aan een luxueuze cocotte of aan een jonge weldoenster.

Hoewel Kurt niet kon horen in welke taal ze sprak met
haar gespreksgenoten, was er iets in de vrouw, een soort
waardigheid die hem niet onopgemerkt bleef. En dat niet
alleen door het eerbetoon dat de drie mannen haar bewe-
zen door hun kin in de hoogte te steken en elk met hun
hakken tegen elkaar te slaan, een geluid dat als klappen
weerklonk in de rust van Highgate, hakkengeklap dat
Kurt opnieuw aan militairen deed denken, mannen die
het minst in staat zijn hun verleden te verbergen.

Het is waar dat er iets irritants was aan die groep, met
die vier mannen die nat stonden te worden – want de be-
diende met de uniformpet en het asgrijze uniform hield

94

zijn paraplu in een hand die niet alleen naar boven was uitgestrekt, maar ook naar voren – en de vrouw en de hond die beschut stonden, maar er was ook iets uitermate aanlokkelijks in dat gesprek in de regen. En terwijl Stuart clichés over het vaderschap bleef uiten en telkens weer stevig de hand van zijn collega drukte – in werkelijkheid met zoveel kracht en heftigheid dat, als zijn makker pijn had kunnen voelen, hij hem vast een kaakstomp zou hebben gegeven –, probeerde Kurt vast te stellen wat voor soort band er bestond tussen de in de plensbui verzamelde groep mensen.

Toen hij er eindelijk in slaagde te ontsnappen aan de gelukwensen van Stuart, zijn exemplaar van Chateaubriand te pakken en de regen in te lopen (hij had evenmin een paraplu, hoewel hij er niet aan dacht Stuart de zijne te leen te vragen), was de groep al uiteengegaan.

Toen hij aankwam bij het hek van de oostelijke uitgang keek hij de ene kant op en zag een plechtstatige en als een volbloed glimmende auto, en door de achterruit daarvan was de omtrek van een poedel te zien. In de lucht, voor zijn neus zwevend, kon Kurt twee verfijnde, maar onmiskenbare geuren bespeuren: een vanilleparfum en de lucht van tabak, maar niet van zo maar tabak, maar van Falkenhorst-sigaretten, sigaretten die zeer geprezen werden door de mannen van de Wehrmacht.

Toen hij de andere kant op keek, zag hij de drie mannen op ongeveer honderd passen afstand met bestudeerde kalmte in westelijke richting lopen; de mannen aan de zijkanten hielden de man in het midden bij de arm vast, de manke met de muts met oorkleppen, die ze als een arrestant leken mee te voeren.

Kurt keek op en zijn blik stuitte op de uitgespreide vleugels van een aartsengel met het opschrift *Tempus fugit* gegraveerd in een soort tafel der Wet die hij in zijn melkwitte handen hield. In zijn blinde en minerale ogen was iedere belofte van verlossing uitgewist.

Hoewel de strengheid van een dergelijk orakel de bewaker van Highgate Cemetery deed zuchten, verhinderde dat hem niet om, terwijl hij zijn eerste stap zette in de richting van de drie in het zwart geklede mannen, in te zien dat hij aan een ongetwijfeld gevaarlijk spel begon, maar ook dat iets met ongewone kracht aan hem trok, zoals de branding op een strand.

XXII

NIEMAND, ZELFS DE SCHERPZINNIGSTE FILOSOOF NIET, HEEFT
kunnen ontdekken wat de juiste betekenis is van dat on-
zinnige iets dat de menselijke wil is.

Het is niet gemakkelijk te bepalen om welke onduidelijke reden Kurt zich die dag liet meeslepen en de drie
mannen begon te volgen, of dat nu kwam door het woord
Schneider of door de vreemde aanblik van de groep of
door de verschijning van de mooie vrouw of, al met al,
door de som van al die factoren die ertoe leidde dat hij,
enkele minuten na het bericht van zijn toekomstige vaderschap te hebben ontvangen, achter een stel onbeken-
den aanging om de straten van Londen te doorkruisen.

Als wij het patroon zouden kunnen bewonderen van de
stappen van een mens op een tapijt waarin zijn voetsporen zouden zijn afgedrukt als in een mal van was, zou het
ons verrassen te ontdekken dat, na zo veel heen en weer
geloop, na zo veel pogingen om op reis te gaan, meestal
het einde van het traject naar een plaats leidt die niet ver
verwijderd is van het beginpunt. Veel stamvaders komen

sterven bij de wieg die hen geboren zag worden, en er bestaan onverbeterlijke nomaden die hun ogen sluiten bij
het kruis van de kerk waarin ze gedoopt werden.

Het is dus mogelijk dat Duitsland de angel was waar
Kurt in toehapte op die winterdag in 1946, hetzelfde ver-
foeilijke land waar hij voor altijd 'nee' tegen wilde zeggen, hetzelfde dat zijn vlees had gevorderd en het later
aan zijn lot had overgelaten op vreemd grondgebied, hetzelfde dat hem van zijn jeugd had beroofd om hem de volwassenheid van een levende dode te schenken.

Eigenlijk voegde zich, terwijl hij de drie mannen volgde, terwijl zijn reuk nog bedwelmd was door de wat scher-
pe lucht van de Falkenhorst-sigaretten, een tweede woord
bij zijn herinnering aan het woord Schneider. Dit tweede woord was *Heimat*, een woord dat Kurt, paradoxaal
genoeg, nooit met speciale zorg had gekoesterd en waar-
tegen hij, al sinds de dagen van zijn instructie in Saarbrücken, altijd een zeker wantrouwen had gekoesterd.

Meer dan vier jaar in Engeland, een valse identiteit, het
einde van een oorlog en een ongewone ziekte hadden dus
niet kunnen verhinderen dat Duitsland levend bleef in het
hart van Kurt Crüwell. Want het is mogelijk dat de straten van Bielefeld, de kleermakerij op nummer 64 van de
Gütersloher Straße, de herinnering aan Rachel Pinkus en
zelfs de gezichten van zijn vader, van zijn moeder en van
zijn zuster waren uitgewist, vernietigd door de loop der
tijd en door de slachting van die duistere en tribale jaren,

maar zeker is het dat Kurt, betoverd door dat woord, betoverd door dat Schneider dat hij gehoord had van een van de drie mannen – hij zou niet kunnen zeggen van wie – op het kerkhof van Highgate, net als de hond van Pavlov gereageerd had op het geluid van de bel. Maar wat was in dit geval de beloning?

De morgen deed denken aan het decor van een horrorfilm. De voetstappen weerklonken als klokslagen. Het spookbeeld van Jack the Ripper hield zijn middagdutje op iedere straathoek. Het leven en de dood hielden zich in bedwang in de ogen van iedere buurtbewoner die de voetgangers begluurde door de kieren van de vitrages. Onder het kopergroen van de regen waren de verlaten straten, waar men slechts af en toe het geluid van een verbrandingsmotor of het verre gefluit van een of andere fabriek hoorde, net boten die midden in een volmaakt rustige zee waren achtergelaten.

In Engeland zijn de mensen niet gewoon om elkaar aan te kijken wanneer ze elkaar op straat tegenkomen. Die afstandelijkheid, eigen aan een eiland en niet helemaal vreemd voor een Duitser als Kurt en die de mensen uit het Middellandse-Zeegebied vertalen als wantrouwen, scheen sinds het einde van de oorlog wat minder te zijn geworden, maar die morgen, terwijl hij de drie mannen op een behoedzame afstand van vijftig passen volgde, schenen alle blikken waar Kurt op zijn weg op stuitte een heimelijk verwijt verborgen te houden, alsof het nieuwe consigne was elkaar te observeren met een sprankje gram in de ogen.

Meerdere keren, op verschillende hoeken, bij het nemen van een nauwe straat of wanneer hij de mannen moest volgen als zij een volmaakt rechte hoek omgingen, voelde Kurt de verleiding rechtdoor te lopen, in een bus te stappen en, volkomen verdiept in het lezen van zijn Chateaubriand, naar huis terug te gaan om op Ermelinde te wachten nadat hij een fles calvados of een uitstekende oude port had gekocht, alsof het voorval van de bij het woord Schneider ondergane betovering even lang had geduurd als de tijd die de weerklank van een applaus nodig heeft om te vervagen in de lucht, als de tijd die een voetspoor van een mens nodig heeft om door het getij te worden uitgewist.

Maar straat na straat, kruidenierszaak na kruidenierszaak, brug na brug, voorbij de gaslantaarns, voorbij de arbeiderswoningen, voorbij de partijtjes voetbal die kinderen met kapotte hemdjes en wollen kousen speelden op stinkende modderpoelen, bleef de sirenenzang hoorbaar, mogelijk vermengd met de schandelijke hoop de vrouw met de poedel weer tegen te komen.

XXIII

NET ALS TUSSEN DE GRAVEN IN HIGHGATE LEEK OP nummer 11 van Benham & Reeves Street de tijd te hebben stilgestaan. Met alleen dit verschil dat in plaats van de nog altijd aanwezige schittering van het porfier of de enigszins ziekelijke wanhoop van een Veronica *piangente* die haar zweetdoek toonde, de tijd er de voorkeur aan had gegeven hier de edele vorm van een victoriaans uiterlijk aan te nemen.

Het gevoel dat men er zich had onttrokken aan de koortsachtige activiteit van de barbaarse twintigste eeuw was dusdanig dat men achter de voorgevel van nummer 11 van Benham & Reeves Street verwachtte van het ene moment op het andere de gereïncarneerde geest van George Eliot tegen te komen, die haar oordeel gaf over rijtuigen, kleding en krantenkoppen met die zeer verfijnde koelheid die ze had opgedaan in theesalons en peripatetische praatjes ergens tijdens een show van Portlandrozen, een koelheid die vraagtekens zette bij de wereld en haar drijfveren onder de dekmantel van hoepelrokken en niet helemaal onschuldige Schriftlezingen.

Toen zij onverwachts het huis binnengingen – een verfijnde constructie zonder wit pleisterwerk en uitspringende ramen en met een deur waarin een bronzen leeuw naar de bezoeker keek vanaf een deurklopper die zo zwaar was als een kanonskogel –, lieten de drie mannen van het kerkhof in Highgate Kurt achter op de rand van een afgrond: die van de twijfel.

Nadat hij stil was blijven staan op de drempel van Benham & Reeves Street nummer 11, werd de vroegere kleermaker uit Bielefeld overvallen door beelden van strenge officieren met in de was gezette snorren die angstaanjagende menigten Zoeloes aanvallen, maar ook door taferelen van gezellige bijeenkomsten rond een haardvuur tijdens welke gesproken werd over de nog niet ontdekte bronnen van de Nijl, de laatste roman van Charles Dickens of de irritante oorlogszuchtigheid van de Turken aan de overzijde van de Bosporus.

De leeuw, die op een bijna onmerkbare manier glimlachte, minder plechtig dan ironisch, erfgenaam van de oude en majestueuze Sfinx, scheen van Kurt een dringend antwoord te verlangen. Daar, staande, koppig nat wordend, zocht de onechte Jean-Jacques Lasalle in de ogen van de levenloze bewaker een zekere medeplichtige gezindheid. En hoewel hij die waarschijnlijk niet vond, had hij in ieder geval – en dit was iets dat niet naliet hem in verwarring te brengen – vanaf het eerste moment al opgemerkt dat de deur van Benham & Reeves Street nummer 11 op een kier stond. Op een heel klein kiertje. Precies zo ver dat hij zonder aan te bellen het huis zou kunnen binnengaan. Precies zo ver dat hij deel zou kunnen hebben aan wat hem daarbinnen te wachten stond: een komedie, een tragedie of een mengeling van beide.

Zodat hij naar de ene kant keek en naar de andere, zoals hij een tijdje eerder had gedaan bij het hek van de oostelijke uitgang van Highgate Cemetery, en vlak bij een fruitwinkel, een soort onnoemlijk fata morgana, ontdekte hij, als een uitvloeisel van zijn eigen wens, opnieuw de zwarte auto en de man met de uniformpet en het asgrijze uniform, die in de regen stond te roken, dit keer beschermd door de paraplu. Bij zijn voeten, liggend op een mauve kussentje, beet de poedel op wat een plastic bot leek.

Wanneer iemand hem, een ogenblik nadat hij de deur had opengeduwd en nummer 11 van Benham & Reeves Street was binnengegaan, gevraagd zou hebben wat hem ertoe had bewogen om de beslissende stap te zetten, zou Kurt hebben geantwoord dat de chauffeur, terwijl hij de hond een klein en gemeen trapje tegen de ribben gaf, vaag naar hem had geglimlacht terwijl hij met de hand waarin hij zijn sigaret hield een niet mis te verstaan gebaar naar hem maakte.

Een gebaar dat Kurt had vertaald als: 'Vooruit, vriend, waar wacht u nog op. Ga nu eindelijk eens naar binnen.'

XXIV

DE ONTVANGSTKAMER ROOK NAAR HAAR. ERGENS OP DE BO-
venverdieping hoorde de indringer geluiden: flarden muziek, het gehuil van een kind, een meubelstuk dat ver-
plaatst werd. Maar daar beneden, overgeleverd aan zijn
overmoed, had Kurt alleen reuk voor haar. De vanille had
opnieuw de geur van tabak, of van natte kleren, of van gevaar opgeschrokt.

Hij was nog aan het besluiten wat hij zou doen, toen
een nietig en buikig mannetje, gekleed in een donkere
stofjas en verbazingwekkend veel lijkend op de acteur Peter Lorre, opdoemde uit wat een keuken leek te zijn en
voor hem bleef staan.

'*Willkommen*,' zei de dwerg, terwijl hij een kniebuiging
maakte en naar de trap wees.

Als Kurt toen het bijten van de angst had kunnen gewaarworden, had hij zeker een beet in zijn hals gevoeld
en had het bloed zijn schoenen bespat. Terwijl de dwerg
licht gebogen bleef staan, had hij de tijd om aan de wand
rechts van hem een anachronistisch portret uit de school

van Thomas Gainsborough op te merken. Een krachtige man, eigenlijk een legerleider, sloeg hem gade met een strengheid die niet zonder sympathie was, een strengheid die niet veel verschilde van die van de officieren die waren gestorven tijdens de expedities tegen de Zoeloes, iets waarover Kurt voor de deur van het huis gefantaseerd had.

En wanneer hij meer tijd zou hebben gehad voordat hij gehoor gaf aan de zijdelingse hint van de onalledaagse butler, zou Kurt ongetwijfeld de prachtige kruiken hebben opgemerkt die waren opgemaakt met pauwenveren, de zilveren kandelabers die als een school schollen stonden te glanzen op de roze marmeren consoles en zelfs de barnstenen asbakken waaruit de koude as van verschillende sigaren nog niet was verwijderd.

Maar hij zag uiteindelijk geen van deze verfijnde voorwerpen omdat hij zich enerzijds volledig concentreerde op de blik van de oude geweldenaar, die gekleed in een pandjesjas en met een blauwe sjerp over zijn borst de lippen van zijn Spaanse ros streelde voor een nevelig landschap met treurwilgen en lommerrijke laagvlakten, geïnspireerd op een schilderij van de Vlaming Memling, en anderzijds op de richting die de gnoom met de stofjas hem koppig bleef wijzen. Zodat Kurt, zonder acht te slaan op het groteske van zijn gebaar, de man bedankte (diep vanbinnen verweet hij zich dat hij dat in volmaakt Duits deed), en hem, bij gebrek aan een natte paraplu, een hoed of een paar handschoenen, zijn exemplaar van Chateaubriand aanreikte.

Vervolgens begon hij met ongebruikelijke voortvarendheid, want die kwam voort uit de volmaakte onbezonnenheid waaraan hij ten prooi was gevallen, te lopen en begon hij de trap op te gaan die naar de bovenverdieping leidde.

De trap was bekleed met een tapijt van een diep en prachtig rood, niet veel verschillend van de kleur van tomatensap, het behang op de muren sprak tot de bezoeker over een wereld van azalea's en judasbomen, een reusachtige kristallen kroonluchter strooide licht uit over zijn bestijging en in de lucht werd, terwijl hij meters vorderde op zijn tocht naar een of ander onbevattelijk doel, de geur van vanille geleidelijk verdreven, begraven onder een onduidelijke mengeling van scheerlotion, droge modder en een mineraal luchtje dat nogal leek op dat van de menstruatie van een jonge vrouw.

Toen hij boven aan de trap bleef staan, veroorloofde Kurt zich een blik in de ontvangstkamer. Het evenbeeld van Peter Lorre was verdiept in het lezen van de *Mémoires d'Outre-Tombe*. De bezoeker had voor hem opgehouden te bestaan; die was vergeten als een slecht voorteken of als een mot die rondom zijn graf van veertig watt cirkelt. Door het raam in de vorm van een ellips boven in de notenhouten deur wilde Kurt een glimp opvangen van het Londen van alledag dat hij zojuist had verlaten, maar hij slaagde er slechts in de keurige stenen vloeren voor de woningen aan de tegenovergelegen stoep te onderscheiden en het bovendek van een lijnbus die op dat ogenblik snel door de Benham & Reeves Street reed.

Zoals de verstoten engel tijdens zijn val, of als Jonas in de buik van de walvis, of als Alice aan de andere kant van de spiegel, had een wereld binnenin de wereld Kurt opgeslorpt. Want het meest schrikbarende van het ongerijmde is, per slot van rekening, dat het zijn eigen logica bezit.

Daar boven, in het milde halfduister waarin hij was aangekomen, eisen verschillende mogelijkheden zijn aandacht op: drie kamers, aangeduid door evenzoveel openstaande deuren, die aan een lange gang in L-vorm lagen, de kamers die hij, waarschijnlijk, zou aantreffen wanneer hij eenmaal de rechte hoek zou zijn omgegaan en die nog niet te zien waren, en, natuurlijk, het geluid dat uit een daarvan kwam.

Want, inderdaad, toen er een halve minuut voorbij was gegaan waarin hij zo stil als een roofvogel bleef staan, kon Kurt duidelijk het timbre van een piano onderscheiden, en hij kon zelfs niet nalaten te glimlachen toen hij het vertolkte stuk herkende: het allegretto uit Der Sturm van Beethoven.

Kurt deed toen een paar passen naar voren in de richting waar het geluid vandaan kwam en sloot zijn ogen om beter te kunnen luisteren. De vertolker was zeer bedreven. Hij speelde het allegretto met een juiste mengeling van gevoel en soberheid, met een precisie die niet zonder gevoel was. Gedurende een ogenblik had Kurt de indruk door te dringen in de buitengewone mathematiek van de muziek en terug in de tijd te reizen, veranderd in een vlugge en gelukkige krab, zo ver terug dat hij zich de heer Baumann voor de geest kon halen, de schatbewaarder van de Nicolaikerk, die in de sacristie een warme grog dronk terwijl hij luisterde hoe de kleermaker uit Bielefeld op het orgel een madrigaal van Monteverdi vertolkte.

Echter, iets rukte hem los uit de betovering van de muziek.

Dat gebeurde toen hij zijn ogen opende na een schitterend akkoord van de verminderde kwint met de rechterhand, de beroemde 'diabolus in musica', toen twee afbeeldingen die links van hem hingen, nadat hij bijna bij het niet zichtbare deel van de gang was gekomen, van opzij zijn blikveld binnendrongen.

Aanvankelijk dacht Kurt aan twee surrealistische schilderijen, zo sterk was de indruk van moderniteit die ze wekten, zelfs zijdelings bekeken en met het weinige licht dat de pulserende stroom in de gang verspreidde, maar naarmate hij dichterbij kwam en de muziek geleidelijk wegstierf als een vloeistof die uitvloeit uit een omgestoten glas of als een rookkolom die door de trek van een schoorsteen verdwijnt, begreep hij dat wat aan die muur in de Benham & Reeves Street nummer 11 hing, twee foto's waren.

XXV

HET GEHEUGEN IS GEEN INSTRUMENT VAN DE MENS, GEEN vriendelijke slaaf, geen efficiënte valet; het schijnt veeleer zo te zijn dat de mens een lakei van zijn geheugen is. Want een mens kwijnt weg, laat zich afleiden, verloedert, maar zijn geheugen blijft onwankelbaar, doet zijn plicht, onomkoopbaar, zodat, terwijl de mens struikelt, of kouder wordt, of zijn tanden verliest, of muren optrekt, of zich vermomt, of zijn medemensen verslindt, het geheugen waakzaam blijft terwijl het alles opzuigt, alles bewaart, alles rangschikt: almaar dieper graaft, dieper, dieper.

Daarom kon Kurt, wanneer hij naar de bioscoop ging om te genieten van de dubbele filmvoorstellingen in het Ealing of essays las over de leeghoofdige, hoewel fascinerende Oliver Cromwell, wanneer hij rondsnuffelde tussen de graven van Highgate Cemetery op zoek naar een of andere illustere naam of 's avonds het haar van Ermelinde borstelde voor een op de veelkleurige vlooienmarkt van Portobello Road gekochte spiegel, datgene vergeten wat zijn geheugen zich nooit toestond in de afvoerpijp van de vluchtige tijd te smijten: de zekerheid dat er een land was dat Duitsland heette.

Wat op de eerste foto het meeste indruk maakte op de kijker was de buitengewone lichtheid en, tegelijkertijd, de onstuimige kracht van de handen van de Führer. Terwijl zij de spreker hulden in een gebaar dat weinig verschilde van dat van een orkestdirigent, leidden de handen een eigen leven, waren zij zo krachtig als roeiriemen of als stormrammen, hoewel ze tegelijkertijd de plasticiteit hadden van een rondtollende derwisj, die de trappen van lucht omarmde. De fotograaf had in die handen heel de duistere woede, heel de zwarte zon, heel de fascinerende overmoed verbeeld die Hitler in zijn tijd van fysieke schittering uitstraalde. Achter de spreker keek een groep kinderen, onduidelijke en in werkelijkheid toevallige, pure schimmen, naar voren in dezelfde richting als hun leider, wie weet misschien wel naar een andere groep toehoorders of naar de abstracte gedaanten (Rijk, Lotsbestemming, Geschiedenis) die de stem van de leider precies op dat ogenblik aan het oproepen was. Rechts onderaan op de foto kon Kurt in een heel kunstig handschrift, duidelijk dat van een vrouw, de woorden NÜRNBERG, APRIL, 1936 lezen.

De tweede foto was genomen bij spoorrails, in wat een troosteloos landschap in Centraal-Europa leek te zijn. Een ongetwijfeld vanwege een recente brand zwartgeblakerde wagon en reeds vuile sneeuw, gesmolten in lange

voren die bezoedeld waren door honderden laarzen en
bandensporen, dienden als omlijsting voor een forsge-
bouwde Obergefreiter, die twee enorme Duitse herders
vasthield, en voor een man die gekleed was in een dikke
kameelharen jas, die met zijn uitgestrekte rechterhand
iets aanwees dat buiten het gezichtsveld van de camera
bleef. Beide mannen lachten vrijuit, de romp van de
Obergefreiter een beetje naar achteren geworpen, waarbij hij behoorlijk wat kracht zette om de honden niet te
laten ontsnappen, de honden die wanhopig trokken in de
richting die de arm van de burger aanwees. Kurt zocht
naar een datum op de foto, maar kon die niet vinden. De
gezichten van beide mannen waren hem onbekend. Toch
wist hij dat hij voor niets ter wereld had willen zien wat
hun gelach veroorzaakte en waar de honden pijlsnel naar
toe wilden, achter een min of meer ver doelwit aan. Kurt
keek aandachtig naar de woeste dieren. Allebei hadden ze
hun bek open. De fotograaf had hen veroordeeld gedurende een eeuwigheid te leven, voluit blaffend. Het zwarte gat dat dic dodelijke geeuw volgens Kurt behelsde
maakte dat hij begreep waar hij was en in welk soort hel
die foto genomen kon zijn.

En toch ging hij niet terug.

Nee. Hij keerde niet haastig op zijn schreden terug, hij
liep de trap niet met twee treden tegelijk af, hij eiste niet
dat de dwerg met de stofjas hem zijn Chateaubriand zou
teruggeven en hij ging niet overmoedig geworden naar

buiten, naar het vredige Londen van na de oorlog, om een fles wijn te halen om zich diezelfde avond mee te bezatten, samen met de toekomstige moeder van zijn kind.

Waarom niet? Misschien omdat op dat ogenblik, toen hij zijn blik afwendde van de tweede foto, glashelder, zuiver als zilver en ontstaan in een of andere bron van ongeluk, een stem zijn gehoor bereikte, een stem afkomstig uit de kamer waarin tot op dat moment iemand een sonate van Beethoven op de piano had zitten vertolken.

En ongetwijfeld omdat Kurt, met het soort tegenwoordigheid van geest dat door de schrik wordt opgeroepen, wist dat die stem, die hij nog nooit eerder had gehoord en die zijn gehoor binnendrong met de wreedheid van gesmolten lood en met de vermetelheid van de eeuwige jeugd, toebehoorde aan de bazin van de poedel.

XXVI

TOEN HIJ DE KAMER BINNENKWAM KEEK NIEMAND NAAR
hem. Beter gezegd, dat deden ze allemaal, maar het was
alsof ze hem niet zagen of alsof zijn aanwezigheid daar
even vanzelfsprekend was als ademhalen. Alsof hij een
ober was die bezig was met het vervangen van de asbakken, een dienstmeisje dat kwam zeggen dat de man van
de wasserij vroeg hoeveel kilo wasgoed hij deze keer
moest meenemen, of een halsstarrig spook dat gewend
was iedere dag te verschijnen en dat daarom juist al niemand meer schrik aanjoeg of schokte.

Wit, kolossaal, een Rubinstein waardig, toonde de
Steinway nog de partituur van Der Sturm. Met zijn rug
naar de piano toe zat een kale en tengere man, gekleed in
een pandjesjas, die een grote bel cognac in zijn rechterhand hield. Hij droeg een monocle en scheen verdiept in
het beschouwen van zijn nagels. Boven op de piano, tussen een wereldbol met schreeuwende kleuren en een vaas
met kunstbloemen, krabde een chimpansee zijn buik met
de parodistische plechtstatigheid van zijn soort. Kurt her-

innerde zich bepaalde schilderijen van Pablo Picasso die hij in Montmartre bewonderd had, in dat boek dat hij verborgen had gehouden voor de blik van zijn meerderen, een boek waarin blauwe apen stonden en roze apen, onmogelijke apen zo bleek als baby's, aan ringen vastgebonden apen en apen die met een sandaal van espartogras speelden of met een pinda, apen die gedroomd waren door dat talent met zijn monstrueuze en verzengende ogen.

Tegenover de piano, die de op het noorden gerichte wand besloeg, zat een rij mannen in grote leunstoelen. Kurt telde vijf onbedekte hoofden. Door het enige raam in de kamer viel een asgrijs, met regen besprenkeld schijnsel naar binnen dat het van zichzelf al zwakke licht, dat verspreid werd door een lamp met versieringen in de vorm van zeepaardjes en alikruiken, met grijs bekleedde. Het raam trilde terwijl Kurt zijn blik door het vertrek liet gaan en de kleermaker dacht toen aan een Panzer die de straten van Londen doorkruiste, salvo's van karamels en confetti afvurend op groepen peuters met kapotte knieën en door de etterstroom verwoeste tanden.

Achter de mannen in de grote leunstoelen, op de tweede, bredere rij – een feit waaruit hij, bijgevolg, opmaakte dat die minder belangrijk was – telde Kurt twaalf klapstoelen. Daarop zaten alleen mannen. Op de vloer, die belegd was met kersenhout en bekleed met vloerkleden, gedecoreerd met Arabische motieven, damborden en paarden uit het schaakspel, stonden verschillende sherry- en brandyflessen.

Ten slotte, loodrecht opgesteld ten opzichte van de rij- en zittende mannen, kon Kurt twee reusachtige sofa's bewonderen. Op elk daarvan telde hij nog eens zes mannen. Op de linkersofa herkende Kurt de twee wandelaars met bolhoed van Highgate Cemetery. Tussen hen in, met zijn muts nog op, vermoedde hij – zijn metgezellen maakten het onmogelijk zijn gezicht helemaal te zien – de derde man.

Zij stond, lichtelijk leunend op de rug van een van de sofa's, Russische sigaretten te roken met een sigaretten- pijpje, en ze droeg een andere jurk dan die ze droeg toen Kurt haar de eerste keer had gezien, een fantastische jurk, ontworpen in de ateliers van een avant-gardistisch genie, zuivere alchemie ontstaan uit de droom van een edelsmid die erin was geslaagd in een enkel gebaar het wonder van organdie te verenigen met de strengheid van metaal, de elegantie van een insect met de arrogantie van een ma- chine, het vluchtige met het eeuwige.

Gedurende een ogenblik, toen hij haar omsloten zag door die cocon van godin, vergat Kurt waar hij was, dat wat hij hooguit een paar minuten geleden gezien had in de gang en zelfs de met swastika's ontvlamde vlaggen die het plafond van de kamer van de ene naar de andere kant bedekten als een enorme roodzwarte lijkwade, met de ha-

kenkruizen die boven de hoofden zweefden als een onneembaar bastion of een onbeschaamde metafoor of de
wolkenmassa van een winterse onweersbui.

Zij, die de enige vrouw was te midden van eenendertig
mannen, sprak Duits met een mooi Zwabisch accent en
sloeg nauwelijks meer dan een moment acht op Kurt, als
iemand die een gezicht gadeslaat in de mensenmassa van
een paar grote warenhuizen, terwijl zij met een gebaar
van haar met handschoenen bedekte handen op het siga-
rettenpijpje tikte en de as als een verbrande vlinder in zijn
baan naar de grond fladderde. Kurt begreep dat zij de
gastvrouw in deze grot der verschrikkingen was en dat zij
haar gasten uitnodigde om zich voor te bereiden op een
verrassing die zij voor hen in petto had.

Toen liep de dwerg die op Peter Lorre leek langs Kurt
heen met zijn houding van onuitputtelijke efficiëntie.
Achter hem kwam een man binnen die een driepoot droeg
en een filmapparaat. De man was gekleed in een blauwe
Pruisische kazak en liep te pronken met tressen, omge-
slagen boorden, handschoenen van wit nubuckleer en een
bombazijnen broek. Hij droeg zelfs een bandelier zonder
degen, alsof hij een beknotte strijder was. Kurt dacht aan
een lid van een in een dode hoek van de tijd vergeten hor-
de moordenaars, vergeten onder duizenden doodskne-
kels. En aan een uit een nabijgelegen gesticht ontsnapte
gek. En aan een arme idioot die zich in het adres had ver-
gist toen hij naar een gemaskerd bal ging.

Terwijl die pias de driepoot opzette en daarop het toestel plaatste, ging de dwerg aan een kant van de Steinway staan en met een resoluut gebaar rolde hij die weg. Kurt vroeg zich af waar hij zijn Chateaubriand zou hebben gelaten. Daarna liep de dwerg, met de lenigheid een acrobaat waardig, wat men niet zou verwachten van een man met zijn gestel, naar een vestiaire die aan het andere uiteinde van de kamer lag, opende die en haalde daaruit iets dat Kurt een halterstaaf leek. In werkelijkheid was het een pikhaak, zoals bewakers van dammen die gebruiken om dode beesten, stukken plastic of welk voorwerp dan ook te pakken dat de normale doorstroming van het water verhindert. De dwerg keerde, met de pikhaak in zijn hand, op zijn schreden terug, ging op de plaats staan die voordien werd ingenomen door de piano en hief het maaksel in de richting van de nazivlaggen die het plafond bedekten. Kurt zag toen een projectiescherm van een meter hoog bij een meter dertig breed naar beneden komen. De gasten applaudisseerden met een overgave waarvan Kurt aannam dat die spontaan was, voortgekomen uit de meest zuivere bewondering. Alleen de chimpansee, verdiept in het bekijken van een insect dat in de intimiteit van zijn vacht verstrikt was geraakt, scheen geen weet te hebben van het zakken van het scherm.

Daarna, terwijl de voorbereidingen bespoedigd werden en de toeschouwers zaten te draaien op hun stoelen en

fluisterden en sigaretten aanstaken en genietend op hun
dijen klapten en hun nek uitrekten op zoek naar een laatste restje sherry of brandy, kreeg Kurt de gelegenheid om
de uren samen te vatten die hij had doorgemaakt sinds de
ontdekking van de drie wandelaars in Highgate Cemetery, en hij begreep dat verwondering, uiteindelijk, een onderdeel van het alledaagse is, en dat er maar één god is,
het toeval, en dat er maar één geloof bestaat, de toeval-
ligheid, en dat iedere andere opvatting van het leven en
van zijn toevallige gebeurtenissen niet alleen tot misluk-
ken is gedoemd, maar dat die ook tot de meest absolute
blindheid veroordeelt.

Toen de dwerg zijn taken had voltooid (het scherm
plaatsen, het voor de projectie geëigende halfduister
scheppen, om het even welke belemmering uit het gezichtsveld van de toeschouwers wegnemen en de indolen-
te chimpansee op zijn armen nemen), begaf hij zich naar
de deur en toen hij Kurt zag deed hij iets vreemds: hij til-
de een hand op tot de hoogte van zijn slaap, opende zijn
mond in een onhoorbare schreeuw en bleef zo stil als de
vrouw van Lot, veranderd in een zoutpilaar, staan. Daarna rende hij weg en, bijna zonder dat Kurt de tijd kreeg
om toe te stemmen in wat er gebeurde, verscheen hij weer
met een stoel die hij voor hem neerzette.

'*Bitte schön*,' zei de dwerg, terwijl hij op de stoel wees
en de kniebuiging herhaalde die hij in de ontvangstkamer
gemaakt had.

Kurt keek aandachtig naar de chimpansee, die zijn blik met een smekende, beslist menselijke oogopslag beantwoordde, en ging toen zonder tegen te sputteren zitten.

XXVII

HET DUURDE EEN PAAR MINUTEN VOORDAT HIJ BEGREEP WAT
hij zag. En niet zozeer vanwege de bevreemding die de
muziek van violen bij hem teweegbracht, het vertoon van
beelden in clair-obscur en de close-ups van paarden met
hun hoofden in zakken met luzerne, als wel omdat het
landschap, gezien door de vervormende lens van de Paillard, een zeker oud tintje bezat, van het begin van de eeuw
toen de film nog een angstaanjagende prikkeling was en
de mensen nog hevig geschrokken vluchtten voor de trei-
nen die zich op hun zitplaatsen stortten en voor de leeu-
wen die de bleke blanken verslonden die hen bewonder-
den in de salons van Parijs, Barcelona of Moskou.

Kurt begreep pas dat hij bezig was terug te keren naar
zijn Bretonse hel toen hij twee opeenvolgende shots ontdekte die door de regisseur waren gemonteerd: dat van
een hijgende hond tussen een stel zwartleren laarzen en
dat van een regengordijn dat op de sinistere contouren
van een Panzer viel. Daar was, dacht hij toen, de wereld
precies zoals die op 2 januari 1941 was; de wereld met

haar geuren, haar smaken en haar structuren; de verloren wereld voorafgaande aan de verschrikking, de verloren wereld van het blonde beest.

Daarom bleef hij zitten en telde iedere klop van zijn angstige, hoewel ongevoelige hart, bezwangerd met een opgekropte woede die hij alleen maar door middel van kalmte kon uiten, teruggebracht naar het verleden door de beelden die zijn netvlies in vuur en vlam zetten.

Net als aan drenkelingen bij hun laatste ademtocht, trok de wereld met een duizelingwekkende snelheid aan zijn oog voorbij. En dat deed ze als een vreemd oord. Vreemd omdat voor hem, die gedurende te lange tijd een uitzonderlijk en afgrijselijk leven had geleid, de laatste jaren in Londen, jaren die rondom een vredig en geheim bestaan waren opgebouwd, geworden waren tot een soort terugkeer naar een min of meer redelijke bedding, min of meer gedeeld met de gemiddelde sterveling; een leven dat in werkelijkheid niet veel verschilde van dat wat hij in Bielefeld, zijn geboortestad, geleid had kunnen hebben, als de oorlog niet zou zijn uitgebroken; een leven geleefd samen met een andere vrouw, een leven dat bepaald werd door de gewoonten van ander werk en een leven dat hij onder een andere naam gevoeld zou hebben, maar in ieder geval een leven met een noorden en een zuiden, met een boven en een beneden, met bepaalde eetgewoonten, met bepaalde geografische en morele coördinaten, met bepaalde lectuur, met bepaalde wandelingen, met kleine teleurstellingen en met kleine opbeurende gebeurtenissen, 'a normal life', zoals Stuart graag zei terwijl hij filosofeerde onder de platanen van de begraafplaats van Highgate, een of ander socialistisch pamflet of een cowboyroman lezend.

Daarom, toen hij een close-up zag van Hauptmann Löwitsch die zich de haren uit het hoofd trok, wist hij het. Alles verscheen hem toen met een ruwe scherpte, zoals wanneer het laken dat een lijk in het mortuarium bedekt wordt opgetild. Het instemmende gefluister, dat als een elektrische schok door het vertrek gonsde, diende alleen om hem te bevestigen dat de man die verborgen was onder de Russische muts, Löwitsch was.

Daarna, te midden van de nevel van de sigaren en de kreten van voldoening van de toeschouwers, beleefde hij opnieuw de breuklijn in zijn leven, het toppunt van zijn pijn, de capitulatie van zijn gevoelens. En op het moment waarop de Paillard dat vastlegde, toen zijn eigen gezicht, vijf jaar jonger, verdwaasd en lijkbleek en hevig geschrokken, verscheen op het plein van Mieux, terwijl een stuk of wat hoofden zich naar hem toedraaiden en hij onder hen dat van Löwitsch herkende (als een oude minnaar, ja, als een liefde die verloren is gegaan in een afvalhoop van de tijd en in een afvalhoop van de tijd is hervonden, als een uitwaseming van de trots en van de ijdelheid en van de nederlaag, als een van die dingen die aanwezig zijn en altijd rondtrekken in het diepst van de ziel van de mens om hem een zekere verschrikkelijke waarheid in te fluisteren: dat het degenen zijn die voorbijgaan, en niet degenen die blijven, die een wezenlijke rol spelen in ons leven), toen aanvaardde Kurt dat de meest macabere spot bestond uit het feit dat ook toen zijn vlees niet weer tot leven kon komen, dat bij het opnieuw zien van de kerk van Mieux, die brandde met zijn lading mannen, vrouwen en kinderen, zijn huid niet voor eens en voor altijd kon terugkeren tot de pijn en tot het lijden, zeker, maar ook niet tot een afdoende boetedoening.

Of misschien toch wel.

Want terwijl de Paillard stopte met het omspoelen van zijn mechanisch binnenste als een spaarzaam vernuftig ding en zich in dat sprakeloze hart gevoelens zo oud als de wereld en het smerige fabeltje dat het zijn naam geeft verdrongen, ging Kurt eindelijk die angstaanjagende minuut in waarin ieder mens rekenschap moet afleggen tegenover de eeuwigheid of tegenover het absolute niets, die minuut waarna alleen nog maar het ervaren van het vlees resteert, het oude karkas dat duizend-en-één keer gepijnigd is door het klimaat, het halsstarrige vlees dat geboren is voor tederheid en dat evenwel altijd veroordeeld is tot lijden, de laaghartige belichaming die van hier naar daar wordt meegedragen als oude of versleten, maar juist daarom zo gemakkelijk zittende kledij; ja, het oude lichaam, de oude huid, het ik dat is opgetrokken op het fundament van de cellen en van de pezen en van de botten, het oude geraamte vol verwondingen en littekens en brandwonden die de echte herinnering van de tijd vormen, het oude proza van het ontheiligde en aangevallen en bezoedelde vlees en dat desalniettemin geworden is tot een salve of een halleluja of een hosanna, de oude en altijd warme substantie waarop de ijverige en gewelddadige en afschrikwekkende wereld zich staande houdt; ja, alleen dat, een stuk of wat centimeters huid die een vermoeid hart omkleden, een hart dat besloot stil te staan op de jonge leeftijd van eenendertig jaar, een hart dat toebehoorde aan een kleermaker die organist was die liefhebbende zoon was die soldaat was in een legendarisch leger die toeschouwer was bij slachtingen die een man zonder gevoel was die stuurman op de Atlantische Oceaan was die bewaker was van de doden die aspirant vader was die buitenlander tussen de zijnen was en overal staatloze om uiteindelijk, opnieuw, uitsluitend en nu voor altijd, het vlees van Kurt te worden.

XXVIII

TOEN DE FILM WAS AFGELOPEN, KEKEN ZE ALLEMAAL NAAR
hem, precies zoals toen hij, na de vertolking van Der
Sturm, de kamer binnenging. Maar deze keer kon Kurt,
hoewel zijn ogen nog geopend waren, de last van de blikken niet meer gewaarworden.

Toen Löwitsch dichterbij kwam, toen Hauptmann Löwitsch, mank lopend en bedroefd en nog vervuld van de
afgrijselijke kwelling van het verloren ideaal, Obergefreiter Crüwell naderde, bemerkte hij dat in het rechteroog
van de zittende man zich een traan had gevormd ter
grootte van een mug. De vroegere officier hurkte toen
neer voor zijn ondergeschikte, bracht zijn lippen naar het
in volledige rust verkerende gezicht en zoog op het rechteroog van de kleermaker uit Bielefeld totdat hij zijn traan
had doorgeslikt. Toen hij dat deed, trilden diens oogleden alvorens geluidloos dicht te vallen.

Daarna stond Löwitsch moeizaam op, bewoog zijn
tong in zijn mond alsof hij een voortreffelijke bouillon
proefde, nam wellicht aan dat zich in die traan de smaak

van een verloren wereld verborgen hield en draaide zich om, de gastvrouw zoekend.

'*Der Schneider*,' zei hij met de heldere plechtstatigheid van grote gelegenheden, '*ist tot.*'

Gijón, maart 2003 – maart 2006